迷走

はぐれ同心 闇裁き4

喜安幸夫

時代小説

二見時代小説文庫

目次

老中の迷走——はぐれ同心 闇裁き 4

一　直訴前夜

一

「よいか！　草の根を分けても找《さが》し出すのじゃ」

「はーっ」

藩主・松平定信《まつだいらさだのぶ》の厳命である。白河藩《しらかわはん》十万石の江戸藩邸主席家老は、額《ひたい》を畳へ押しつけんばかりに拝命した。

老中の座がすぐ目の前へ、手を伸ばせば届くところに来ている。しかも、首座を狙っている。その人物の吐く言葉は重い。

「いるかいないか分からぬ……さような存在が、話に出るだけでもおぞましいわ」

「御意《ぎょい》」

さらに強く応じたのは、次席家老の犬垣伝左衛門《いぬがきでんざえもん》だった。

十代将軍家治《いえはる》が死去し、将軍の座が空位のまま七カ月が過ぎ、ようやく十一代将軍に御三卿の一つ、一ツ橋家から出た十五歳の家斉《いえなり》が就いたばかりである。

天明《てんめい》七年（一七八七）卯月《うづき》（四月）の下旬だ。外濠《そとぼり》幸橋御門《さいわいばしごもん》内の白河藩上屋敷の中奥の一室に、藩主の定信は江戸藩邸の主席家老と次席家老を召している。その開口一番が、いつ柳営《りゅうえい》（幕府）の老中首座に就くかというよりも、田沼意次《たぬまおきつぐ》の隠し子を〝找し出せ〟との言葉だった。明らかに私憤である。

家治将軍が死去するなり、これまで煮え湯を飲まされつづけてきた、松平定信を中心とする門閥譜代《もんばつふだい》の勢力が結束して〝成り上がり者〟の田沼意次をお役御免にし、さらに先代家治将軍から賜《たまわ》った二万石を没収した。

いま柳営では、

「次の老中首座にはどなたが」

「そりゃあ一ツ橋家の出である、白河藩の松平さまであろう」

ささやかれ、

「ならば、いつ就任なされる」

それが関心の的となっている。新将軍の家斉は若輩である。ならば、老中首座に就

いた者が、柳営の実権を一手に、

「握る」

ことになる。

さらに松平定信は、

「二万石削っただけでは足りぬ！　まだ三万七千石が残っておるわ」

幸橋御門内の藩邸で、家老たちを相手に私憤を吐露《とろ》してやまない。田沼意次を完膚《かんぷ》なきまでに叩き潰《つぶ》したいのだ。

その意次に、

——隠し子が
屋敷で生まれた子息や姫たちなら所在が明らかだから、

「押さえつける」

ことは容易だ。

だが、得体の知れない〝隠し子〟となれば、押さえつけようにも所在すら分からないのでは手の打ちようがない。放置しておくのは、

（おぞましい）

というよりも、

（不気味……）

なのだ。向後《こうご》いかなる禍根《かこん》の種となるやも知れない。

「伝左衛門！」

「はっ」

定信の視線は、次席家老の犬垣伝左衛門に向けられた。

「慥《しか》と申しつけたぞ」

「はーっ」

犬垣伝左衛門は再度平伏した。四十がらみの働き盛りであり、かつて意次の暗殺を進言し、蠣殻町《かきがらちょう》の相良《さがら》藩下屋敷に刺客を送り込んだのもこの男だった。命じた定信は今年二十九歳、意気軒昂である。

さらに定信は言った。

「北町奉行所であったのう。あの気の利《き》いた同心……なんとかいったのう。奉行の曲淵甲斐守《まがりぶちかいのかみ》が言うておったが、盗賊の捕物でわが屋敷の中間《ちゆうげん》に手柄を立てさせてくれた同心じゃ」

「はっ。鬼頭龍之助《きとうたつのすけ》と申しました」

「そうそう、そのような名であった。甲斐守によれば、なかなか気の利く町方《まちかた》のようではないか。意次めの隠し子が市井《しせい》に潜んでいるとなれば、町方の手を借りるのも一興ではないかの」

「はっ。さようかと存じまする」

「手配しておけ」

「御意」

犬垣伝左衛門はあらためて平伏した。

「して、殿。老中職へお就きになるのは、いつごろと思《おぼ》し召しであられましょうや」

主席家老が問いを入れた。

「ふふふ。いまは江戸のみならず、全国が騒然としておるではないか。わざわざそのようなときに、火中の栗を拾うこともあるまい。いましばらく時期を見てからじゃ」

面長に鼻筋が通り、生真面目さと神経質さを同居させたような表情に、ニヤリと不敵な嗤《わら》いを浮かべた。

中奥を辞した犬垣伝左衛門は、すぐさま別室に足軽大番頭《あしがるおおばんがしら》の加勢充次郎《かせみつじろう》を呼び、

「さように殿は仰《おお》せじゃ。心せよ。主命ぞ」

「ははーっ」

加勢充次郎は主命と聞き、畏《かしこ》まって平伏し、

「さっそく、手配いたしまする」

脳裡はすでに、

(献残屋《けんざんや》の甲州屋右左次郎《うさじろう》に引き合わせを頼もう)

算段していた。

松平屋敷の中間・岩太《いわた》が手柄を立てたのは、北町奉行所同心の鬼頭龍之助の釆配で、甲州屋に押し入った盗賊の一味に加担すると見せかけ、現場で捕縛するのに功があったというものである。もちろん、松平家でその内幕を知っている者《の》は岩太のみであり、実際は自分まで盗賊になりかけたのだから、当人がそれを口外するはずはない。

そこを知らない加勢充次郎は、

(ふむ。甲州屋への使番《つかいばん》には岩太が最適だわい)

鬼頭龍之助なる同心とのつなぎが至便なことに、ニンマリとした。さらに犬垣伝左衛門は、足軽大番頭の前任者・久島治五郎《ひさじまじごろう》を闇に葬ったのが、龍之助の岡っ引である小仏《こぼとけ》の左源太《さげんた》と峠《とうげ》のお甲《こう》、それに大松《だいまつ》一家の代貸《だいがし》・伊三次《いさんじ》であることなど、知る由《よし》もない。

次席家老の犬垣伝左衛門も、蠣殻町の田沼家下屋敷に送った刺客を押し返したのが龍之助と左源太、お甲であることなどさらに知らない。

それら秘密のなかに、北町奉行所の同心・鬼頭龍之助が田沼意次の……。この世で知っているのは、意次と龍之助、左源太とお甲、それに龍之助の従弟《いとこ》の浜野屋与兵衛《はまのやよへえ》のみである。大松一家の者も甲州屋右左次郎も知らない。

「お任せくださいまし。その者、すぐにもつなぎはとれまする」

「ほう。やはり屋敷の外のことは、足軽大番頭のそなたに任せるのが一番だのう。頼むぞ、殿の思し召しでもあるぞよ」

顔を上げた加勢充次郎に、犬垣伝左衛門は再度、それが主命であることを強調し、

「ははーっ」

加勢充次郎は主君から直《じか》に命じられたごとく、ふたたび畏まった返答をした。甲州屋が松平家出入りの献残屋であれば、

(話は持っていきやすい)

加勢の脳裡にはながれている。上屋敷の植込みの樹々《きぎ》が、きょう一日の終わりを明日につなぐかのように、西にかたむいた夕陽をいっぱいに受けていた。

街道ではこの時分、一日の終わりを迎え、人や荷馬、大八車の動きが陽のあるうちにと慌《あわただ》しくなりはじめている。

加勢充次郎が松平家の上屋敷で脳裡に浮かべた鬼頭龍之助はこのところ、市中の微《び》行《こう》に出たとき東海道筋の茶店紅亭《べにてい》で過ごす時間が多くなっている。通りへ目立つように立てた幟《のぼり》に〝茶店本舗　紅亭　氏子中〟とあるように、街道から神明宮《しんめいぐう》に入る目印になっているが、縁台に腰かける客は参詣人ばかりではなく、東海道を旅してきてあと一息で日本橋というのでちょいと休憩していく者も多い。そこで上方《かみがた》の噂話などもよく聞けるのだ。

さきほども、

「そりゃあ大坂も京も、なにが起こってもおかしくない状況でございますよ」

大坂から戻ってきたという商人が、

「このお江戸とどちらが先になりましょうかねえ」

などと言っていた。

江戸でも、すでに幾度か散発的に起こっている。打ち壊しにまでは拡大しなかったが、民衆の米問屋への襲撃である。この一年で、米の値段が二倍にも値上がりしたのでは、暮らし向きを失った庶民が空腹をかかえ米問屋を襲っても不思議はない。それは些細なことからでも発生する。龍之助もつい十日ほど前、奉行所の動員で捕方《とりかた》を引き連れ、大川《おおかわ》（隅田川）の両国橋を駈け抜け深川に走ったばかりだった。あとから深川を定町廻《じようまちまわ》りの区域にしている同心が調べると、物貰いに来た乞食を手代が商舗《みせ》の外へ叩き出したのが発端《ほつたん》だった。

「——非道《ひど》いじゃないか」

「——余ってても金のないやつには売れないよ」

見ていた往来の者と、米問屋の手代のやりとりから、

「——なに！　ここには米が余ってるのか」

「——おお。だったらもらおうじゃないか！」

さらにそれを聞いた者が口論に加わり、往来人が集まって押し込み騒ぎになったというのであった。

それらが散発的なら、奉行所の手の者だけでもなんとか対応できる。

しかし、組織的なものへと発展すれば……。

柳営はまだ田沼意次の残影がある。

「ふふふ、焦ることはない。ジワリジワリと追いつめてやるぞ、田沼意次め。お返しはするぞ」

白河藩上屋敷の奥で一人《ひと》となった定信は、縁側から夕陽を受けとめる植込みに視線を投げ独り呟《つぶや》いた。

二

きょうも午過《ひるす》ぎ、鬼頭龍之助は街道の茶店紅亭の縁台に腰を下ろしていた。きのう大坂から戻ったという商人が、

「——どちらが先になりましょうか」

言っていたばかりである。

「そりゃあ旦那。どっちが先になってもおかしくありやせんぜ。近くで騒動でもありゃあ、あっしだって打ち込みたいくらいでさあ」

腹掛《はらがけ》に腰切半纏《こしきりはんてん》を引っかけた職人姿の左源太が一緒に座っている。

いくらか風が吹き、土ぼこりが舞い上がった。

「おっと」

龍之助は手にしていた湯呑みを片方の手で覆った。

「なんなら、そこの信兵衛《しんべえ》の父《とっ》つぁんに占ってもらいやしょうかい」

つけ髭《ひげ》などでそれらしく見せているが、神明町の左源太とおなじ長屋の住人である。いつも茶店紅亭のすぐ脇の、街道から神明町の通りに入ったところに台を出し、おも

に神明宮への参詣人を顧客にしている。茶店の縁台から声をかければ届きそうなところである。茶店の縁台に座り、ついでにと占いの台の前に座る客もけっこういるのだ。

「きのうもね、神田から来たという参詣人に〝飢饉《ききん》はもう終わりじゃ。安心せよ〟などと占いを立ててやしたよ」

「あはは。それは俺が教えてやったのさ。お奉行からのお達しでな。柳営もそう見ており、根拠のあることさ」

天明三年（一七八三）に始まった、いわゆる〝天明の大飢饉〟である。歴史は天明七年を飢饉終結の年としている。今年は冷夏ではなく、米の不作がやわらぐ兆《きざし》がすでに見えていたのだ。

「へぇえ、そうだったのですかい。そのお客、喜んで見料《けんりょう》を弾《はず》んでやしたよ」

「それでいいのだ。だがな、困ったこともあるのよ」

「えっ、飢饉が終わって誰か困るのですかい」

「そこよ。終わったからといって、急に米の値段が下がるわけではなかろう」

「あっ、分かりやした。米問屋に米が運び込まれる。だが、値は下がらねえ。これまでの鬱憤《うっぷん》もあって襲いたくなりまさあ、米俵を積み重ねた蔵をよう」

「そうだろう。だからここに座って街道筋の噂を集めながら、一癖ありそうな者《の》がこの界隈に入り込まねえか、見張ってるってわけだ」

「つまり、直訴《じきそ》とかいうやつですかい。ご法度《はっと》の布令が出てるんじゃねえので?」

柳営は飢饉が始まると間もなく、直訴と徒党を組むことの禁令を幾度も出し、そのたびに布令を江戸府内の高札場《こうさつば》に掲げていた。

願うべきことがあれば、村役人を通じて支配の役所へ申し出るべきところ、その順序を経ずして衆の力をかりて申し出るは、

——不当なり
さらにこの〝不当〟を犯した者は、

——厳しく懲《こら》すべし
厳しくとはつまり、死罪である。

「あははは。布令は出てるさ」

「てやんでえ。騒いでる連中はよ、順を踏んでも埒《らち》が明かねえから直訴したり、大勢で強訴《ごうそ》するんじゃねえのかい」

左源太の声がつい大きくなり、

「お姐《ねえ》さん、お代はここに」

隣の縁台に女中を連れて座っていた商家のご新造《しんぞ》風の女が、関わりになるのを恐れ

るようにそそくさと立った。話しているのがまさか奉行所の同心と岡っ引だとは知らないだろう。

「まあまあ左源太さん、大きな声で。中まで聞こえていましたよ」

あとかたづけに出てきた茶汲み女が笑いながら言ったのへ、

「そうだなあ。左源太からしょっ引くか」

「はは、だったら旦那も一蓮托生《いちれんたくしょう》だい」

などと冗談を言い合っているところへ、

「鬼頭さま。やはりこちらでございましたか」

声をかけ歩み寄ってきたのは、面長《おもなが》に金壺眼《かなつぼまなこ》の男、甲州屋右左次郎だった。甲州屋のある宇田川町《うだがわちょう》は神明町の北隣で、外濠の呉服橋《ごふくばし》御門内の北町奉行所に行くよりは神明町のほうがはるかに近い。

「奉行所に行くよりもと思ってこちらへ来たのですが、見つかってようございました」

供の者は連れていない。右左次郎は龍之助を找していたようだ。手代や丁稚に任せず、お店《たな》のあるじがみずから出張《でば》ってくる。なにやら重要な話のようだ。

「これはこれは、甲州屋さん。奥のほう、空いておりやすから」

甲州屋のあるじが来たので、奥からすぐ老爺《おやじ》が出てきた。

「そうしてもらおうか」

龍之助が応じ、座を移した。

縁台は往還に出しており、暖簾《のれん》の中は入れ込《いこ》みになっており、奥の廊下を入ると家族連れなどがよく利用する、板戸で仕切った畳の部屋がいくらかならんでいる。

「あっしはここで見張っておきまさあ」

左源太は縁台に残った。

部屋で龍之助と向かい合わせに座ると、

「実は松平屋敷の岩太さんがさっき来まして……」

右左次郎は声を低めた。これまでも龍之助は松平屋敷内の動きは右左次郎から得ており、右左次郎は、龍之助と松平屋敷には盗賊の件以外にも、なにやら因縁のあることに勘づいている。だから気を利かし、みずから足を運び声も低めているのだ。

「えっ、岩太が！」

龍之助も声を低めた。

「加勢充次郎さまの遣《つか》いだとかで」

「なに、あの大番頭の」

「さようでございます」

青松寺《せいしょうじ》の棺桶騒動のとき、双方は顔を幾度か合わせている。龍之助は相手が松平屋敷の足軽大番頭・加勢充次郎であることを右左次郎から聞いているが、加勢充次郎にはときおり見かけた同心が鬼頭龍之助だとの認識はない。

「大事な用件で、加勢さまが鬼頭さまにお会いしたい……と」

「大事な？　いかな？」

「分かりませぬ。ただ、岩太さんが言うには、加勢さまは鬼頭さまのことを、どういう人物かと、相当しつこく訊かれたようすで」

「で、岩太はどのように応えた……と」

岩太は盗賊の仲間にされかけたのを、龍之助に救われたのだ。それは屋敷では明かせない秘密で、その岩太が龍之助のことを悪く言うはずはない。

「はい。あけっぴろげで陰日《かげひ》なたがなく、それはもう信頼できる、おもしろい同心の旦那……だと。すると加勢さまも、そうかそうかと目を細めておいでだったとか」

「ふむ」

龍之助はいくらか安堵《あんど》を覚えた。松平屋敷が鬼頭龍之助の背景に疑念を持ったわけではなさそうだ。

（だが、油断はできない）

会うのは、明日と決まった。

「さっそく、お屋敷につないでおきます。場所は手前どもの商舗《みせ》ということで」

甲州屋右左次郎は帰った。会う場所は、松平屋敷でも奉行所でもない。

(私的な用件)

であることが分かる。龍之助は左源太を連れていこうかどうか迷った。まだ、どのような話が飛び出すか分からない。加勢充次郎と会うことだけを話し、一人で行くことにした。

「大丈夫ですかい。あっしはここで待ってまさあ」

左源太は心配げな表情になった。

その日が来た。午前のうちであった。

龍之助は地味な着流しに黒っぽい羽織をつけ、十手をふところに一目で同心と分かる出で立ちで、組屋敷の下男・茂市《もいち》に挟箱《はさみばこ》を持たせ同道させた。

加勢充次郎はさきに来て待っていた。供は岩太一人だった。

「鬼頭さま。ご機嫌うるわしゅう」

右左次郎に案内されてきた足音を聞くと、手前の控えの間から岩太が廊下へ出てきて、迎えるように片膝をついた。

「ほう、元気そうだなあ。なによりだ」

「はあ、おかげさまで」

気さくに声がかわせるのが、岩太には嬉しい。

「わしもここで」

茂市は挟箱を担いだまま、岩太とおなじ部屋に入った。老齢の茂市と若い岩太で、互いに嚙み合わない話に花を咲かせることになるだろう。茂市も、甲州屋での盗賊騒ぎの内幕は知らないのだ。

裏庭に面した、盗賊騒ぎのときに灯りを消し右左次郎たちと潜んだ部屋だった。

「おぉお、そなた。そなたでござったか」

対座するなり、加勢充次郎は親しげに声を上げた。やはり見覚えていた。

龍之助も、

「これはこれは、いつぞやは。それがし、この界隈を定廻《じようまわ》りの範囲といたしておりますれば、幸橋御門の近くにもときおり」

話に辻褄《つじつま》を合わせた。松平屋敷から外濠の幸橋御門を出れば、武家地の南手になる街道筋は宇田川町から神明町へとつづいている。そこが定廻りの範囲なら、知らず顔を合わせることは十分に考えられるのだ。

「ほう、そうでござったか」

加勢充次郎は得心したように相好《そうごう》を崩した。

そのようすに、龍之助は安堵した。

（ならば、用件はいったい？）

逆に疑問も湧いてくる。

「では、ごゆるりと。御用があればお呼びくださいまし」

女中がお茶の用意を終えると、右左次郎は退座した。

廊下に面した明かり取りの障子も閉められ、部屋は龍之助と加勢の二人となった。

双方は湯飲みの盆をはさみ、対座している。

「先日はわが屋敷の中間がすっかり世話になった由《よし》。わが殿もお喜びでござる」

加勢は盗賊騒ぎの一件に感謝の言葉を述べ、

「さっそくながら」

切り出した。

「ふむ」

龍之助は真剣な表情になった。加勢もさきほどとは変わり、表情を引き締めた。

「そなた町方でも、柳営の動きは十分に存じてござろう」

「はあ」

「さしもの権勢を誇った田沼意次さまは老中職をお役御免となり、世は大きく変わろうとしておる。そこで町方であるそなたを見込み、頼みたいことがござる」

「なんでござろう」

田沼意次の名が出たことに、龍之助はいくぶんの緊張を覚えた。

「単刀直入に申す」

「はあ」

「田沼さまには、世に隠れたお子がおありと聞いておる」

龍之助はドキリとした。自分のことなのだ。

「それが武家ならわれらの手で找すは容易なれど、町家なら町方の鬼頭どののほうが長《た》けてござろう。そこを探索してもらえまいか。あいや、理由《わけ》は訊いてくださるな。お家の事情もあれば」

龍之助がまだなにも言わないうちから、加勢充次郎は手のひらを立て、質問を封じる仕草をみせ、

「まことに心苦しいが、奉行所の役務とは関係なく、そのところをそなたに依頼した

いのじゃ。いかがか」

「……さような……」

「のう、鬼頭どの」

加勢充次郎は龍之助の顔をのぞき込んだ。この同心、そうした私的なことを受けていいものかどうか、

（迷っている）

加勢は感じ取った。

「どうであろう。役中頼み《やくちゅうだの》（付け届け）は相応のものを考えてござる」

代々同心であった鬼頭家の世筋が絶えたのを機に、その株を買って同心になった龍之助は、奉行所ではまだ新参者である。松平家ともなれば、奉行所の与力をはじめ古参同心には毎年盆暮れの役中頼みは欠かしていないだろうが、鬼頭家にはしていなかった。

「いや、そのようなことではござらぬ。まっこと、田沼さまの隠し子などと、雲をつかむような話なれば……」

「お驚きのことと思うが、事実なのじゃ」

「して、若君であるか、姫であろうか……」

自分のことを〝若君〟などと面映《おもはゆ》いが、対手《あいて》がどこまでつかんでいるか、龍之助にとっては気になるところである。

「それが、分からぬのじゃ。いることは確かなのじゃが。おそらく田沼どのがまだ旗本で大名家になる以前のことゆえ。生まれる前からその女性《にょしょう》が屋敷を出たことまではつきとめている。その先がとんと分からぬ」

「ならば、お歳は……」

「三十を超していようか……もし女なら……」

「ますます探索は困難でありましょうなあ」

「ゆえに、そこをそなたになんとか……」

「と申されても、手掛かりがのうては……なにかござろうか」

「ただ、孕《はら》んだ腰元が町家の出であることのみにて」

「ふーむ」

龍之助は安堵した。松平家は、自分につながる具体的な状況証拠をまったく得ていない。得ているのは母・多岐《たき》が町家の出ということのみで、室町の乾物商浜野屋の娘だったこともつかんでいない。当時、田沼意次が一介の八百石の旗本であってみれば、それも当然といえようか。

「かなり困難な仕事となりましょうかなあ」

龍之助は否《いな》とも諾《だく》とも明言はしなかったが、脈だけは一応つながる返答をした。加勢充次郎は、

「すべては町方のそなたを見込んでのこと」

脈ありと受け取ったようだ。

帰りの道で、

「旦那さま、あの岩太という松平屋敷の中間さん。旦那さまのことを、まるで神さまのように言っておりましたよ」

「ほう。そうかい」

組屋敷の下男も、あの盗賊騒ぎの内幕を聞かされていないことを知り、岩太はますます龍之助に傾倒したようだ。

宇田川町の枝道から街道に出た。

「茂市、俺はこのまままちょいと微行《びこう》するゆえ、さきに帰っておれ」

「はい。旦那さま」

街道で、龍之助と茂市は北と南に別れた。

（ふーむ。おもしろい……が、松平はそこまで田沼家を……）

夏場でほこりっぽい街道に歩を踏みながら、龍之助は胸中に思った。

「兄イ、じゃねえ。旦那ア」

街道のながれのなかに龍之助の姿を見つけた左源太は、まるで久しぶりに会うかのように縁台から腰を勢いよく上げ、手を振った。

「心配でしたよう。左源《さげん》の兄《あに》さんから聞いて、もう、どんな話だったんですか？　松平屋敷のお人と会うなんて」

お甲も来ていた。龍之助の肝煎《きもいり》で神明宮の石段下の割烹《かっぽう》・紅亭の仲居として入っている。神明町を仕切る貸元《かしもと》の大松の弥五郎《やごろう》も承知しているというよりも、お甲が神明町に来ることは弥五郎が望んだことで、紅亭の仲居といっても自儘《じまま》に外出《そとで》ができる立場にある。

「おう、ともかくここじゃなんだ。中で」

龍之助の言葉に、茶店紅亭の老爺はすぐに一番奥の部屋を用意した。

「あはは。あはははは」

話を聞くなり左源太は腹をかかえて笑いだした。無理もない。見つけ出したい相手に、見つけ出してくれと松平家は依頼したのだ。

「ぷふっ。それで龍之助さま、引き受けたのですか」

お甲も吹き出した。

「だがなあ、松平が俺を找していることは明らかだ。心せずばなるまい」

座はやはり緊張した。

松平家の家士が八丁堀の組屋敷に、季節はずれの役中頼みを持ってきたのは、その翌日だった。

「老中にもなられようかという、あの松平さまから」

「こんなこと、先《せん》の鬼頭家のときにもなかったこと」

と、以前から組屋敷に住み着いている下働きの茂市とウメの老夫婦は目を丸くしていた。品は白河藩らしく北国の名産で、熊の胆嚢《たんのう》にさまざまな秘伝の薬草を調合した熊胆《ゆうたん》だった。健胃や利胆に効き、きわめて高価なもので、まさに将軍家に献上した残りの献残品であろうか。きのう甲州屋右左次郎がこれを予想したか、

「――もし役中頼みがあって、それが熊ノ胆《くまのい》だったら引き取らせてくださいましよ」

龍之助にそっと言っていた。

木箱の底には、十両ばかりの金子《きんす》が入っていた。

あらためて茶店紅亭で、龍之助がそれを話したとき、

「兄イ、返すことありやせんぜ。もらっておくのが、松平から身を護るのに一番いい方法ですぜ」

「そう。あたしも、そう思います」

左源太が言えば、お甲も言う。なるほど一理はある。二人とも若いが世の裏街道を踏んできたせいか、世故《せこ》に長《た》けている。

「そうだな」

龍之助は頷いた。

三

夏の盛りの皐月《さつき》（五月）になった。昨年までの冷夏とは打って変わり、暑さに人はかえってイライラする。

「起こりそうだぜ」

予測する声が巷間《こうかん》に満ちている。

飢饉から抜け出たことが庶民の舌頭《ぜっとう》に乗り、どこの村々でも青々として田に水が張られているのを、

「見たぜ」

「豊作かもしれない」

そうした話も町々にながれている。

「それにしてもよ、米の値が下がらねえってのはどうしたわけだい」

「誰か、ため込んでやがるんじゃねえのか」

夏のイライラに胃袋のイライラが重なる。

日本橋をはじめ、府内の各高札場には直訴、強訴禁令の達しが新たに立てられ、北町奉行所では与力、同心が一堂に集められ、奉行の曲淵甲斐守から訓示があった。珍しいことだ。普段なら奉行からのお達しは与力に伝えられ、そこから同心に伝えられる。与力も同心も同時にとは、順を踏んでいない。高札には〝願うべき事あらば、支配の役所へ手続きを経るべし〟と墨書されているのだ。

「柳営においても大きな変化の折がら、すこぶる緊張が見られ、江戸市中において大名家に直訴などあらば、その大名家の浮沈にも進展しかねず、皆々心して取り締まりに当たれ」

話す甲斐守の口調も緊張を帯びていた。

同心溜りに戻り、

「定廻りどころか、微行していても、もうドキドキでござるよ」

「ようすの不審な者は、それだけでも自身番に引きたくなりますなあ」

同心たちはひとしきり話し、午後はそれぞれの受持ち区域へ捕方や挟箱持を随《したが》えて定廻りに、あるいは単独の微行に出かけた。

龍之助は日除けに塗笠をかぶり、挟箱持に茂市をともなった。一文字笠を頭に載せている。一見して奉行所同心の見まわりと分かる。同心が常に巡回している姿を住人たちに見せておくのも、緊迫の度を増すなかにあっては重要な仕事となっている。米問屋に限らず大店《おおだな》の前を通れば、

「これはこれは同心の旦那。よろしくお願いいたしまする」

あるじや番頭が揉み手をしながら出てくる。

「この町、大丈夫でございましょうか」

などと問う者もいる。

心配なのだ。

「ちかごろ、道行くお人らの目つきまで変わってきまして」

言う大店のあるじもいる。ぼろをまとった者が数人、ゾロゾロと商舗《みせ》の前を通っただけでも暖簾の中は緊張し、身構えたりしているのだ。

「旦那ア」

茶店の紅亭に近づくと、左源太が腰を上げ手を振った。さすがに一文字笠の茂市が挟箱を担いでつづいておれば、〝兄イ〟などとかつて芝から田町にかけての街道筋で一緒に無頼を張っていたころの呼び名は出てこない。

「おう、見張っていてくれたか。どうだようすは」

「へへ。どうも分かりませんや。ぼろをまとったのやお百姓風の人ら、いつもより多いですぜ。ですが、それが怪しいなど言えねえでしょうが」

左源太も甲州街道の小仏峠《こぼとけとうげ》の樵《きこり》の出で、百姓衆には自分と同類の親近感を持っている。それは同郷のお甲もおなじだ。だから名うての女壺振りとなったいまも、〝峠の〟などと二つ名に在所の名をとっているのだ。

「もっともだ」

龍之助は言いながら左源太とおなじ縁台に腰を下ろし、茂市は挟箱を隣の縁台に置き、そこに腰掛けた。同心と小者の姿では、主従でおなじ席に座ることはできない。本来そのようなことにはこだわらない龍之助だが、かたちは一応とらねばならない。本来なら岡っ引が同心の旦那とおなじ縁台に腰をならべるのも不自然だが、左源太はいつも職人姿で岡っ引には見えないのだ。

茶汲み女が湯呑みを載せた盆を出すよりも早く、

「あっ、旦那さま。岩太どんが！」

茂市が声を上げた。

岩太も気がついたか、

「あっ、これは鬼頭さま！　それに左源太さんも茂市さんもご一緒で」

地面に土ぼこりを上げ、走り寄ってきた。紺看板に梵天帯を締め、一文字笠をかぶった中間姿だ。手ぶらで一人だった。

「おう、どうしたい。どこか遣《つか》いにでも出てたのかい」

「へえ。屋敷《うち》の足軽さんたちが品川宿のほうまで人找しに出張《でば》っておりまして。そこへのつなぎにちょいと」

「人さがし？」

思わず声を入れたのは左源太だった。岩太は立ったまま話している。龍之助はなに喰わぬ顔をよそおい、

「どうだ。ここじゃほこりっぽい。奥へ上がって団子でも喰うかい」

「えっ。奥で！」

屋敷奉公の者にとって、腰元でも中間でも外へ遣いに出たとき、屋台の団子や天ぷ

らを買い喰いするのが大きな楽しみの一つである。しかもそれを座敷に上がってとくれば、岩太が思わず声を上げるのも無理はない。

座はまた甲州屋右左次郎が来たときとおなじ、一番奥の部屋に移った。片方の板戸にさえ気をつけておれば、話を聞かれる心配はない。紅亭なら店の者に気を遣うこともない。茂市も挟箱を持ったまま同席した。

出された盆にはお茶に団子の皿も載っている。

「ほほっ、これはうまそうだ」

岩太は喜んで頬張り、

「いえね、このご時勢です。直訴などを企《たくら》んでいるお百姓がご府内に入らないかと、屋敷の足軽衆が街道で網を張ってるんでさあ」

「それで品川まで。ご苦労さんだぜ」

左源太は返した。〝人找し〟が、加勢充次郎が龍之助に依頼したことと関係なかったことに、龍之助も左源太も内心ホッとした。柳営から〝懲すべし〟のお達しが幾度も出されていることに、各大名家とも自分の藩の農民が江戸に出てきてご法度を犯さないかと神経質になっている。それを防ぐため、江戸に入る街道筋に藩士が秘かに見張りに出てそれらしいのを見つけると、

「――捕えて領国に送り返しているそうだ」

　奉行所でも同心たちのあいだで、

「――そりゃあ俺たちの手間がはぶけていいわい」

　などと話題になっている。

　だが、

「おかしいじゃねえか」

　龍之助が伝法な口調で言った。実際、おかしいのだ。

「松平さまは白河藩じゃねえか。だったら奥州《おうしゅう》街道の千住宿《せんじゅじゅく》に出張らなきゃならねえのに、品川じゃ逆方向だぜ」

「へえ。そうなんですが、足軽の組頭《くみがしら》さまのおっしゃるには、なんでも松平《うち》の殿さまは近々柳営で老中になられるとかで、他所《よそ》の藩にも気を配っておいでとかで」

「だったら江戸四宿《ししゅく》の品川、新宿、板橋、千住の全部に人を出してるのかい。それへつなぎを取るなんざ、おめえさんも大変《てえへん》だねえ」

　左源太が言ったのへ岩太は、

「いや。出ているのは品川だけで、それも特定の藩のお百姓が入るのを見張っているらしいので。直接出張っている足軽のお人が言ってやした」

「東海道筋は駿河国《するがのくに》の沼津《ぬまづ》藩だそうで」

「特定？　どこだね」

（あっ）

と、出そうになった声を龍之助は飲み込み、

「見つけてどうするのだい。追い返すのかい」

「いえ、その逆で。足軽のお人が言ってやしたが、沼津藩の者よりさきに見つけ、江戸ご府内にそっと入れてやるのだとか」

「へぇえ、他藩のお百姓なら親切にかい。奇妙なことをしなさるねえ」

左源太はなにも感じなかったようだが龍之助は、

（これ以上訊いて、岩太に疑念を感じさせてはならぬ）

思い、

「さあ岩太どん、早く喰っちまいねえ。あまり遅くなると大番頭の加勢どのにお目玉を喰らうだろう」

「へえ」

岩太は残りの団子を頬張り、帰りに龍之助は、

「屋敷のお仲間に持っていってやんねえ」

茶汲み女に言って団子の包みを一つこしらえさせ、

「しばらくのあいだ、俺たちはここを根城《ねじろ》にしているから、また出かけたときには寄っていきねえ」

「遠慮することたねえぜ。ここの団子は旨《うま》いからよう」

左源太がつないだのへ、岩太は笑みを返し、団子の包みを大事そうにふところへ入れた。

龍之助が〝また寄っていきねえ〟と言ったのは、その場の愛嬌からではない。本心なのだ。松平屋敷の足軽たちの、その後のようすを知りたいからである。左源太がそこに潜むものに気づかなかったのは無理もない。柳営の動きを知らないのだ。

陽が落ちてからである。

組屋敷に戻っていた龍之助は、

「茂市、ウメ。ちょいと出かけてくる。帰りは遅くなるかもしれんから、さきに寝ていていいぞ」

両刀をたばさみ、八丁堀の組屋敷を出た。同心が探索や捕物で夜更けてから出かけるのは珍しくない。

御用の弓張《ゆみはり》提灯ではなく、ぶら提灯を手に出かけた。

八丁堀から田沼家下屋敷のある蠣殻町《かきがらちょう》は近い。意次は老中職をお役御免になってから、この蠣殻町の下屋敷で過ごすことが多くなっていた。

裏門の通用口を叩き、出てきた中間に、

「北町の鬼頭でござる。お留守居どのに取り次ぎを」

言えばすぐ裏庭に案内されることになっている。

裏庭に入ると、庭に面した縁側の雨戸がすでに一枚開けられていた。

待つほどもなかった。

廊下に人の気配がし、龍之助は踏み石の手前に片膝をついた。

「龍之助、どうじゃ。息災《そくさい》のようじゃのう」

「はっ」

片手を膝に当て、もう片方を地につける龍之助に、

「これこれ、そう形式張ることもあるまい。これへ」

意次は着流しで中腰になった腰を上げ、奥に入った。

「はっ。なれば」

龍之助は雪駄を脱ぎ、縁側に上がって意次につづいた。この屋敷で裏庭から縁側に

上がり、奥の部屋に入るのなど、龍之助以外にはいない。

背後で用人であろうか雨戸を閉める音を聞いた。

部屋ではすぐに茶が出され、意次は脇息《きょうそく》にもたれかかっている。部屋には意次と龍之助の二人のみで、襖《ふすま》の向こうにも人のいる気配はない。

「かような時刻に来るとは、なにか話があるようじゃのう」

六十九歳の老人の優しげな口調であった。

「さればでございます」

龍之助は顔を上げ、一膝前に進み出た。

昼間岩太の言っていた、沼津藩の件である。

話した。

「うっ」

意次は一瞬、緊張を浮かべたような反応を示した。

藩主は水野忠友《みずのただとも》である。七千石の旗本であったのが、田沼意次の経済振興の重商政策の推進者となって順次加増を受け、沼津藩三万石の大名に引き上げられた幕閣である。もちろん、引き上げたのは老中であった田沼意次だ。ということは、いま松平定信ら門閥譜代の勢力から、

ある。

茶店の紅亭で岩太の話を聞きながら、このことが龍之助の脳裡をめぐっていたので

一人ということになる。

(最も狙われている)

(松平家は沼津藩水野家に、なにか仕掛けようとしているのではないか)

龍之助は淡い行灯《あんどん》の灯りのなかに、

「品川宿まで松平家の者が出張り……」

「ふーむ」

その話を意次は考え込むような表情で聞き、

「おそらく沼津藩でも藩内で強訴があり、それの総代が江戸に出て、忠友どのに直訴に及ぶかもしれぬとの状況になっておるのであろう。どの藩でもいまは珍しいことではない。その大半が途中で押さえられておるようだがの」

「なれば松平は沼津藩のそうした状況を察知し、江戸に出てきた百姓代を水野家よりさきに押さえ……」

「さよう」

意次は肯是《こうぜ》の頷きを入れた。

岩太の言ったように、江戸のいずれかに沼津の百姓代をかくまう算段であろう。

問題はそのあとである。機を見て水野忠友の登城の行列に直訴させる。ご法度の強いお達しが出ているときである。しかも法度を出した一人は、現在も老中の座にある水野忠友自身だ。その水野忠友にとって、みずからの領民が……これほどの失態はない。供揃《ともぞろ》えの者は、その場で百姓代を斬り捨てるかもしれない。将軍家のお膝元を血で汚す……さらに失態を重ねることになる。

「水野さま追い落としの材料になりましょうか」

「それが目的であろう」

声を低めた龍之助に、意次は重苦しく応えた。

「いかがいたしましょう」

「おまえはどうしたい」

「わたくしにできますことは、政争の具にされようとしている百姓代を、救うてやることしか……」

権謀術数に明け暮れてきた意次には、いくらか耳に痛い言葉である。

だが、

「そうしてやれ」

意次は言った。

その者を水野家や松平家より早く見つけ出し、直訴をやめさせる……江戸町奉行所の役務にも合致する。さらに、地理的にも龍之助にはそれが可能だ。

沼津藩水野家の上屋敷は、東海道は増上寺の前面の浜松町を南へ、金杉橋《かなすぎばし》を渡ってすぐ西へ新堀川《にいぼりがわ》沿いの往還を入ったところにある。登城のときには浜松町を通り、宇田川町から街道を離れ増上寺の北側の広い火除け地から、愛宕《あたご》下の大名小路を経て外濠の幸橋御門に入っている。御門内では宿敵の白河藩松平家の上屋敷の前を経て内濠の大手御門に向かうことになるが、この間に町家を通るのは東海道の浜松町と神明町、宇田川町のみであり、まさしく毎回、茶店紅亭の前を粛々と通り、通過する町家のすべてが、龍之助の定廻りの受持ち区域なのだ。

龍之助は町方としても、大名家の問題とはいえ、

(俺の縄張内《しまうち》で、騒ぎを起こさせるわけにはいかねえ)

のである。

「そうすれば、水野さまをお救い申し上げることにもなりまするなあ」

「うむ」

龍之助が言ったのへ、意次は考え込むような曖昧な返事をした。

「水野忠友はのう、儂《わし》がお役御免になると……」

「いかがなされました」

「いやいや、水野だけではない。それぞれが延命息災を望むのは世の常。恨めば愚痴になろう」

「と、申しますと？　水野忠友さまがなにか……」

「儂のせがれ、つまりおまえの腹違いの弟になるが、水野家へ養嫡子《ようちゃくし》に出しておったのじゃ」

「はあ、それは知っておりますが。そのためにも、水野家は護らねば」

「うーん」

意次は唸《うな》り、

「先月じゃ、それを廃嫡《はいちゃく》にしおった」

「なんと！」

龍之助には初耳であった。

「な、なるほど。それが延命息災の道と……」

「そうじゃ。儂との縁を切ることがのう」

「……父上……ご心中、お察しいたしまする。……こう言う以外、言葉には言いあわせ……」

適切な言葉を見出しえない龍之助に意次は、

「分かっておる。これも、人の世じゃ」

「はあ。ならば、水野忠友さまはいかに……」

蠣殻町は、その名のとおり海辺に近い。下屋敷は静まりかえっている。部屋の中にも、江戸湾の潮騒《しおざい》がかすかに聞こえる。

行灯一基の灯りのなかに、

「そなた、さきほども申したではないか。沼津藩の百姓代の命を救うてやりたい……と」

「なれど、沼津藩水野家を救うことにも……」

「それでよい。手のひらを返した男ではあっても、儂の政事《まつりごと》に尽くしてくれて、儂が大名にまで引き上げた人物じゃ。みっともない退《ひ》け際《ぎわ》はさせたくないでのう」

「御意」

龍之助は腰を上げた。

行灯の炎が揺れている。

「のう、龍之助」

言いながら意次も立った。

「いまとなっては、そなたとの縁《えにし》を世に隠すことのみが、儂からしてやれる唯一のものとなってしもうた。許せ」

「……父・上……」

「そなたにそう呼んでもらえるのが、儂にはなおさら辛い」

廊下に足音がした。留守居が雨戸を開けに来たのだ。

「きょうはそなたの息災な顔が見られて嬉しかった。なれど、昼間は控えよ。用があれば、ほれ、そなたの岡っ引……」

「左源太にお甲でございますか」

「そうだった。その者らを遣いに立てよ。儂とそなたとの間柄が、他人《ひと》に悟られぬようにの」

「はっ」

留守居が裏門の通用口まで見送った。

武家地にぶら提灯をかざし、龍之助は歩を踏んだ。重かった。潮騒が、さきほどよりも大きく聞こえる。

（老《ふ》けられた）

思わずにはいられなかった。

四

「茂市、ついてこい」

翌朝早くである。奉行所には出ず、直接定廻りに出た。

奉行所はこのところ、同心たちに町まわりを勧めている。騒動を事前に防ぐためである。地味な着流しに黒っぽい羽織をつけ、裏金を打った雪駄《せった》で地面にシャーシャーと音を立て、悠然と歩いているさまは、一目で奉行所の同心と分かる。ぼろをまとった者が見かければ、そそくさと脇に隠れるのも、近ごろの特徴である。騒ぎが起これば、即加わって米の一すくいでも得ようと、機会を狙っているのだ。

陽のすっかり上がった時分である。

「あら、旦那。きょうは素通りですか」

茶店紅亭の茶汲み女が、おもてに出てきて愛想よく言う。

「あゝ、きょうはちょいと石段のほうへな」

　龍之助は、

「胡散臭《うさんくさ》い者を見つければ、すぐ知らせてくれ」

と、茂市を茶店の紅亭に残し、神明町の通りへ入った。街道からいきなり門前町の装いに変わり、突き当たりが神明宮の石段で、その手前の一等地に割烹《かっぽう》の紅亭は暖簾を張り、ここも〝氏子中〟の幟《のぼり》を立てている。

「もう皆さん、お見えになっています」

　暖簾をくぐると女将《おかみ》が迎え、奥からお甲がいつもの小気味よい足取りで出てきて、

「なんなんです？　左源の兄《あに》さんから聞きましたけど、大松の親分も一緒にって。なんだかあらたまったようで」

「そうさ。あらたまった話だ」

　案内は仲居姿のお甲に代わり、龍之助は言いながら大小を女将にあずけた。

　一番奥の部屋が用意され、手前の部屋は襖《ふすま》を開け放しにしている。隣に人を入れないためだ。心置きなく話せるようにするための措置であり、これもきのう左源太に言い付けておいたことである。

「へい。顔ぶれも言われたとおりに」

　左源太が廊下に出てきた。

「旦那、打ち壊してもやりなさるので？　それとも押さえなさるので？」

龍之助が座につくよりさきに言ったのは、大松の弥五郎だった。新明町の裏を取り仕切る貸元《かしもと》で、二つ名の〝大松〟とは逆に小柄で、丸顔に目付きが鋭く、坊主頭なのが愛嬌のなかに不気味さをただよわせている。

「舞台が神明町でしたら、旦那の指図でどちらにでも」

つないだのは代貸《だいがし》の伊三次《いさんじ》だ。四十がらみだが敏捷《びんしょう》そうな身のこなしの男で、弥五郎の右腕である。

「あはは。そのどっちでもねえ」

龍之助は腰を下ろして胡坐《あぐら》を組み、その横にお甲がつづき、足を崩した。職人姿の左源太も、

「さあ、旦那。話してくだせえ。きのうの帰りからどうも旦那、なにか言いたそうな感じでしたぜ」

左源太も腰を胡坐に据えた。この顔ぶれが集まれば、お甲と左源太が龍之助の左右に陣取っているが、円陣のかたちになる。これが一番話しやすいのだ。

昼日中《ひるひなか》から龍之助が裏街道に生きる者と、しかも奉行所が容易には手を入れられない門前町の料亭で円陣を組んでいるなど、八丁堀の同僚が見れば仰天するだろう。そ

れに職人姿の左源太が龍之助の岡っ引であるのは周知のことだが、女壺振りのお甲にまで岡っ引の手札を渡していることは、同心仲間はむろんこの土地の者も知らない。承知しているのは、いまこの場に集まっている顔ぶれだけである。

「実はなあ、幸橋御門内の松平さまだが……」

龍之助は話しだした。きのう岩太が語った概略はすでに、

「たぶん、きょうはそのことだろうと思いやしてね」

と、左源太が一同に話していた。

そこに龍之助は、

「松平家は老中の水野家を追い落とそうと、沼津の百姓代を利用し……」

柳営内の権謀術数の一端を話した。その話から左源太とお甲は、きのう龍之助が蠣殻町に田沼意次を訪ねたことを察したが、大松の弥五郎と伊三次はそれを奉行所で聞き込んできた話と解釈している。

「で、旦那。どうしなさるので？　手をこまねいていたら、沼津の百姓代、てめえんとこの侍《さむれえ》に斬り殺されやすぜ。その場で成敗されなくても、国おもてに送られ死罪は間違《まちげ》えねえ」

「それを松平がけしかけるなんざ、許せねえぜ」

大松の弥五郎が言ったのへ、左源太が引き取った。

「沼津の百姓代って、どんな面《つら》してやがんですかねえ。命を助けるなら、松平や水野の侍たちよりさきに見つけだし、なんとか言いくるめて国へ返してやる以外にありやせんぜ」

「それだけじゃあたし、我慢できない。松平や水野にも、なんとか一矢報《いっしむく》いられないかしら。まえにもほら、女掏摸《すり》の敵討ちを助《す》けたとき、松平の大番頭を……ねえ。そうだったじゃござんせんか」

伊三次が言ったのをお甲がつなぎ、最も積極的なというより、色っぽい顔に似合わない発想を吐露した。松平屋敷で殺された女掏摸の敵討ちに助太刀したのは、夜を待って顔が見えなくなってからだった。そこに加わった左源太と伊三次は一瞬、表情をこわばらせた。もう一度、人ひとりを人知れず殺《あや》めよう……お甲は言うのだ。

「お甲さんよ。あのときみてえに敵討ちなどしなくて済むように、今度は事前に防ごうとしてるんじゃねえか」

お甲の言葉を、さすがは一家を率いる親分か、大松の弥五郎はたしなめ、

「それよりも問題なのは、直訴すると決まったわけじゃござんせん。もしやるとすりやあ、その場所ですぜ」

茶店の紅亭の前をいつも水野家の行列は通っており、一同はその屋敷の所在地も知っている。その権門駕籠はいつも、急いでいるように速足で通り過ぎる。緊急時に老中の駕籠が急いでおれば、それだけで人心に不安を与える。それを防ぐため、普段から老中の駕籠は急ぎ足を踏んでいるのだ。沿道の住民にとっては武家の行列など迷惑この上なく、早々に過ぎ去ってくれる老中の行列は、そのなかにあってむしろありがたい存在だった。

「そう、そこだ」

黙って四人の意見を聞いていた龍之助は返した。

「そこだって、旦那。どうしなさるんで？」

金杉橋から幸橋御門まで、町家は浜松町に足元の神明町とそのすぐ北隣の宇田川町しかないことも、一同は地元民だから当然知っている。

弥五郎はつづけた。

「普段からお侍は威張ってやがるが、おっと旦那のことじゃねえ」

「ふふふ、いいさ。つづけな」

龍之助は笑って弥五郎にさきをうながした。弥五郎はふたたび話した。

「街道筋でも町家は町人の住む場でさあ。そこで侍に勝手な真似をさせるわけにゃいかねえ」

「ふむ」

弥五郎は日ごろからの存念を吐露し、龍之助は肯是《こうぜ》の頷きを見せた。左源太もお甲も伊三次も頷いている。

「旦那、下知《げじ》をくだせえ。白河十万石だろうが沼津の三万石だろうが、俺たちの鼻先で……しかも命がけのお百姓を利用しやがるなんざ」

「旦那。俺たちの一家やこの神明町だけじゃありやせん。浜松町も宇田川町もそろえた総意だと思ってくだせえ」

伊三次が弥五郎の言葉につづけた。

「兄イ!」

「さあ、旦那ア」

左源太もお甲も催促の声を入れる。

「ふふふ、おめえら」

龍之助は四人を見まわし、

「やらなきゃならねえこと、さっき弥五郎がお甲に言ったばかりじゃねえか。それに伊三次よ。おめえはもっとはっきり言ってたぜ」

「えっ、そんなら旦那。沼津の百姓代を……」

「そうさ。だがな、その百姓代よ。面《つら》も分からなきゃ人数も分からねえ。一人じゃねえかもしれねえぜ」

「分かってまさあ。こっちも人数を繰り出し、それらしいのを找してどこかへかくまいまさあ。ねえ、親分」

伊三次は視線を龍之助から弥五郎に向けた。

「おう。さっそくきょうから」

弥五郎は返し、

「おう、女将！」

手を打って女将を呼んだ。

もう午《ひる》に近い時分だった。

お甲が、茶店の紅亭へ茂市を呼びにいった。

「へへ、旦那。沼津のお百姓をあっしらでかくまうことができたら、松平の鼻を明かしてやることにもなりやすねえ」

「ふふふ」

左源太が龍之助にそっと言ったのが伊三次にも聞こえたか、

「そうさ。相手は十万石だぜ。おもしれえ」

町衆の気風《きっぷ》を示す言葉であった。

五

さっそくその日の午後からであった。伊三次が大松一家の若い者数人を引き連れて品川宿に出張った。だが、面体《めんてい》も人数も分からないのだ。

「いいか、おめえら。ちょいとオドオドしたようすで、おそるおそる江戸へ入ろうとするお百姓だ」

だけでは、雲をつかむような仕事になる。

龍之助は挟箱を担いだ茂市をともなった定廻りの出で立ちで、茶店の紅亭を拠点に浜松町から神明町、宇田川町の街道筋を巡回し、あるいは微行《びこう》の浪人扮《こしら》えで歩き、左源太は伊三次と龍之助のつなぎ役で、品川宿と神明町を行ったり来たりした。

「おう、岩太どん。おめえさんも大変《てえへん》だなあ」

「あっ、左源太さん。またどうしてこんなところへ」

品川宿の家並みに入る手前、袖ケ浦《そでがうら》の海辺に沿った往還で岩太と出会ったことがあ

る。泉岳寺《せんがくじ》の近くだ。潮騒をすぐ横に聞きながら、

「どうしてって、うちの旦那は街道筋のお役人だぜ。胡乱《うろん》なのが入《へえ》って来ねえか、こっちにまで足を伸ばしているのさ」

「はあ、そりゃあご苦労さんで。このまえ話した沼津のお百姓、見つけたら知らせてくれや」

「あゝ、お互いになあ。連絡先はほれ、神明町の茶店」

「紅亭でやしたねえ。きょうも鬼頭さま、そこにいらしたよ」

話して北と南に別れた。

龍之助は微行で、茶店紅亭の縁台に陣取っているときは、

「龍之助さまア」

お甲が割烹の紅亭から出てきて、そばに寄り添っている。

「嬉しいですよう、龍之助さまとこうして一緒にいられるなんて」

「それよりもおめえ、袂《たもと》にちゃんと入っているだろうなあ」

「んもう、ぬかりありませんよう」

縁台で道行く人のながれを見つめながら、お甲は着物の袂を押さえた。革袋が入っている。中は手裏剣が十本前後……何者かと対峙しなければならないときには帯に挟

むのだが、いまはまだ袂の革袋の中だ。

数日が過ぎた。

龍之助は奉行所へ出た。同心溜りに同僚は少ない。多くは捕方《とりかた》を数名引き連れ、それぞれ定廻りに出ているのだ。

同心溜まりで、数はすくなくても、それぞれの町のようすを交換しあうことができた。

「いまも千住宿に岡っ引を張りつけているのだが、あちこちの大名家の者もかなり出張っていらあ。きのうも、いずれかの国おもてから出てきたような村役だろう。どこか分からんが藩士に取り押さえられ、千住大橋の向こうに引き立てられていたぜ」

「米問屋の近辺を歩くとき、とくに警戒しているのだが、ぼろをまとい頰かむりをした連中がウロウロしてやがる。まったくビクビクものだ。まるで騒ぎが起こるのを待っていやがるようだ」

それぞれが言う。

龍之助も左源太や伊三次から、

「――宿《しゅく》に出張っているのは松平の侍だけじゃねえ。あちこちの藩士が旅の者に目を光らせ、旅籠の通りはなにやら緊迫した雰囲気でさあ」

「――岩太が毎日一度は来ているから、沼津のお百姓、まだ江戸へは入《へえ》っていねえようで」

聞かされている。夕刻近くに品川宿から引き揚げる武士二人を、左源太は尾行したことがある。

「――目星をつけやしてね、帰る方向もおなじだったもんで。すると、やはりそうでしたぜ。その侍、金杉橋のところから新堀川沿いの道に入りやして、水野屋敷の門に消えやがったい」

沼津藩の水野家も人を出しているのだ。

(直訴の百姓代が江戸へ出てくるのは間違いない)

龍之助は確証を得た思いになり、同時に緊張を覚えたものである。

同心溜りへ、

「鬼頭さま。与力の平野《ひらの》さまがお呼びでございます」

小者が龍之助を呼びに来た。龍之助の上司である与力の平野準一郎《じゅんいちろう》だ。平野も若いころ放蕩《ほうとう》の経験があり、市井《しせい》を実地に知っていることで龍之助とは気が合った。与力部屋に入った。他に人はおらず、平野は言った。

「暴民が出れば捕えるよりも、あはは。逃がしてやりたいものだぜ」

「できれば私もさように」

「ところが、そうも言っておられなくなりそうだ」

「と申しますと？」

「大坂さ。昨夜、大坂城代からの早馬が評定所に入って、一触即発の状態にあるらしい。流民のながれ込みが止まらず、江戸から御先手組《おさきてぐみ》を百人か二百人、派遣してくれとの要請でな」

「ならば、きょうあたり東海道を御先手組が……」

「いや。陸路は目立ってかえって人心を不安がらせるとて、昨夜、海路で大坂へ向かったらしい。それで、江戸も警戒を厳重にせよとのお達しが柳営からあったそうだ。おまえの受持ちには東海道が入っておろう」

「はあ」

「気をつけるのだ。おまえには事前に言っておくぞ。街道で騒ぎが起これば、江戸市中どころかたちまち全国に広がるからなあ」

「はあ。なれど、大坂で騒ぎがあれば、それもまた東海道を経て江戸へ……」

「たぶんな」

この日、天明七年（一七八七）皐月（五月）十二日、大坂で一軒の米問屋が打ち壊しに遭い、たちまち市中全域に広がり、すでにかなり広い範囲が無法地帯となっていた。これが江戸に伝わるのは数日後である。

午後、龍之助はお甲を茶店の紅亭に残し、左源太をともなって微行のかたちで品川宿へ出張った。

感じる。あちこちの藩士が出張って、

（目を光らせている）

大八車や荷馬、往来人に混じって旅籠の通りに歩を拾っていると、

「旦那、旦那」

横合いから着流しの伊三次が出てきた。着物の裾をちょいとつまんでいる。

「このさきに松平の足軽連中がかたまっておりやして、そのすこし向こうは水野の侍たちで、水野が場所を変えれば松平もそれにつづき、互いに意識し合っているというか、牽制し合っていやすぜ。松平は品川宿の向こう、仕置場のほうにまで人を出し、それらしいのに片っ端から声をかけてまさあ」

「ふむ」

龍之助は頷き、そのまま歩を進めてまた引き返し、伊三次に目配せして脇道へ入っ

た。旅籠の通りには左源太と若い衆二人が残った。

龍之助と伊三次は立ち話になった。

「どうだい。うまくいきそうか」

「旦那。無理でさあ」

伊三次ははっきり言った。だから龍之助は、伊三次に信を置いている。いい加減な返答はしない男だ。

「ふむ」

龍之助は解した。おそらく水野家の者は、出てきそうな百姓代の顔を知っているのだろう。だから松平家の足軽たちは水野家の家士たちに張り付くとともに、先手を打つべく仕置場のほうにまで出張り、それらしいのにつぎつぎと、

「――おまえさん、沼津から来なさったかね」

などと声をかけているのだろう。

いずれがさきに見つけたとしても、双方の家士たちで百姓代の争奪戦になり、路上で刀を抜いての争いになる場合だってあり得る。そこに町人の一家が割って入るなど、無理というほかない。

「分かった。伊三次よ、百姓代の身柄を取るのは無理なようだな」

龍之助は策を変えた。

陽はかなり西にかたむき、通りを行く者の影が長くなっている。

「へえ。ならばいかように」

「されば」

龍之助は声を低めた。

「百姓代の身を、どっちが取ったかを確認するだけでよい。あとはどちらのどこへ連れて行かれたか、尾けるのだ。悟られぬように」

龍之助が言ったときだった。旅籠の通りを見張っていた左源太が、

「旦那！　やつら、動きやしたぜ」

脇道に駈け込んできた。大松の若い衆が一人、一緒だ。

「代貸さん。あっ、鬼頭さまも！」

若い衆は声を落とした。

「松平の者が、それらしいのを見つけやした」

「どこでだ」

「仕置場で。いま、もう一人があとを尾けておりやす」

仕置場……鈴ケ森《すずがもり》の刑場である。品川宿を西へ抜けたあたりに、街道と海岸を隔て

るように鈴ケ森が広がっている。その一角に刑場がある。街道に面して竹矢来《たけやらい》が組まれ、中は雑草も灌木《かんぼく》も払われて広場のようになっている。磔刑《はりつけ》や火焙《ひあぶ》りなどの極刑がここで執行され、その日には街道沿いの竹矢来に見物人が殺到し、獄門首（さらし首）もここにさらされる。わざわざ街道沿いに刑場が設けられたのは、江戸へ入る者に対し悪事はいかんぞよとの見せしめのためである。奥州街道の千住宿に隣接する小《こ》塚原《づかっぱら》の刑場も、やはりおなじように街道に沿って竹矢来が組まれている。

「よし、行くぞ」

「おう」

龍之助の号令に、左源太と知らせにきた若い衆が走りだした。

「待て。さりげなくだ」

龍之助は二人を引きとめたが、その必要はなかった。松平家の足軽たちの動きに、水野家の武士たちは異常を察したか、一斉に刑場のほうへ走り出した。町の者はそれを見てもとりわけ驚いたようすは示さない。ここ数日、武士が旅姿の百姓衆を取り囲み、殺しはしないがいずれかへ拉致《らち》するのは、見慣れた光景となっているのだ。それほどまでに各大名家とも、江戸での〝直訴〟には神経質というより、戦々恐々となっているのだ。

走った。鈴ケ森は品川宿の町並みを過ぎてすぐのところだ。陽は大きくかたむいている。ここまで来ると、街道の往来人はほとんどが旅姿で、それも陽のあるうちに江戸府内へと急ぎ足だ。

竹矢来の前で、町並みを走った水野家の武士四、五人が、右に左にと狼狽の態《てい》を見せている。

「どこだ！」

「たしか、やつらこっちに走ってきたぞ」

言っているのだろう。町並みから一斉に消えた松平家の足軽たちは、たしかに刑場のほうへ走ったのだ。やはり、沼津からの百姓代の身を確保したようだ。

龍之助らは水野家の武士たちに間を置いて立ちどまった。街道から刑場以外にも鈴ケ森へ分け入る杣道《そまみち》が幾本か小さな口を開けている。

「この道を、入って行きやした」

知らせに走ってきた若い衆は言った。

「ほう。これは海辺へ出る道だぜ」

言ったのは伊三次だ。

水野家より松平家のほうが一枚上手だったようだ。水野家から出張って来たのは、いずれも羽織・袴に両刀を差した、いかにも武士が往来人検《あらた》めをしているといった風情で、時節柄、宿場の者が見ても目的は明らかで邪魔者扱いされる存在だった。ところが松平家からは、それに倍する人数でいずれも足軽で刀は二本だが、膝までの腰切の着物で足には脚絆《きゃはん》を巻き、木綿の羽織で、一見して下級武士と分かる。屋敷とのつなぎも中間の岩太で、腰に短い木刀しか差していない。

警戒心を持った百姓衆なら、二本差しを見ただけで避けようとするだろう。そこへ下級武士の足軽が、

「――わけあって江戸へ出て来なすったようだが、気をつけなせえ。どちらの在所の人か知らねえが、このさきには侍が幾人も見張っているぜ」

声をかければ、

「――えっ、さようで。ど、どうすればよろしいので？」

訊き返したことだろう。実際、当人は道中にそうした武士たちを幾人も見てきているのだ。百姓代は恐怖感を強め、足軽たちの言に随《したが》ったことだろう。

海辺に出るという杣道に入ろうとした。

「おっ」

人が出てきた。足軽たちを尾けて行った大松の若い衆だ。

「あっ代貸さん。それに鬼頭さまも。ちょうどよござんした」

早口に言う。

松平家の足軽たちは、海辺に舫《もや》っていた手漕ぎ舟に沼津の百姓代を乗せ、漕ぎ出したというのだ。松平家は舟まで用意していたのだ。

「よし、引き返すぞ」

ふたたび龍之助の号令で、一同は来た道を引き返した。

陽が落ちようとしている。町並みでは宿場町特有の出女《でおんな》が往還に出て、

「さあ、お江戸にはあしたゆっくりと」

「今夜はここでひとっ風呂、あすの朝お江戸へ」

あと一息といった旅姿の者をしきりに呼び込んでいる。

さすがに遊び人姿やフラリと出てきたような浪人姿、職人姿に声はかからない。代わりに、

「へへ、旦那がた。おもしろいところがありやすぜ」

と、おなじ遊び人姿の者が誘いの声をかけてくる。品川宿は夜になれば、江戸府内からも客が来る色街にもなるのだ。

夕刻のそれら雑踏を抜け、袖ケ浦《そでがうら》の浜に出たころ、すでに陽は落ち薄闇が張りはじ

めていた。まだ街道を府内へ急ぐ旅人もおれば、向かいから来る町駕籠もある。品川宿への遊び客であろう。

袖ケ浦の海浜は長く浜松町の芝浜《しばはま》のほうまでつづいている。しかも夜になろうとしている。大松一家から十人、二十人と人が出ても、鈴ケ森の海浜を漕ぎ出した舟がどこに着くか、見張りを立てるなど不可能だ。

だが、龍之助は内心に安堵するものがあった。沼津の百姓代が水野家の手に落ちていたなら、今夜にも殺されるかもしれない。だが松平家の手に落ちたのなら、少なくとも直訴に及ぶまで命は無事なのだ。

「左源太」

「へい」

「おめえはこのまま俺の組屋敷に走り、今夜は帰らぬと伝えろ。それに与力の平野さまの屋敷に行って、直訴の兆《きざし》があるので今宵は神明町に泊まり、あしたの朝、奉行所に出仕はできぬと伝えておいてくれ。そのまま俺の組屋敷に泊まって、あしたの朝早く神明町に戻ってこい」

「へへ、久しぶりにまともな朝めしが喰えまさあ」

長屋に男やもめでは、朝はいつも簡単に済ませているようだ。

「それにだ。あしたは茂市もなあ、挟箱を持って同道せよ、と」

「がってん」

左源太は走り出した。山家《やまが》育ちでは、提灯はかえって邪魔になる。

「鬼頭さま。あすでござんすね」

「おそらく」

速足の歩を取りながら言った伊三次に、龍之助は頷きを返した。

六

提灯もなく、龍之助と伊三次、それに若い衆五人ほどの一行が神明町に帰りついたのは、もうすっかり夜も更け、街道に面した飲食の店からも明かりが消えた時分だった。往来にときおり提灯が揺らいでいるのは、増上寺の門前町か神明町から帰る酔客だろう。千鳥足であっても、提灯も持たない男の一群に驚き、警戒するように脇へ身を寄せる。

「おっ。起きてやすぜ」

若い衆の一人が言った。茶店の紅亭も当然雨戸を閉めていたが、わずかなすき間から明かりが洩れていた。

雨戸を叩いた。

すぐに開いた。

中は明るい。

「旦那ア、待ってましたよう」

お甲だ。

それに弥五郎も、

「お甲さんの知らせを受けましてなあ。待っていやしたぜ」

と、若い衆三人ばかりをともない、来ていた。

茶店は老爺《おやじ》だけが残り、茶汲み女たちは帰し、大松一家の若い衆が茶汲み役をしている。

一同は中に入り、入れ込みも奥の部屋も大松一家の貸切りのようになった。ようにではなく、実際そうなっている。

「お甲。どういうことだ」

「それですよ、旦那」

奥の部屋に入り、お甲は話しはじめた。

陽が落ち、街道から荷馬や人の影が消えてからも、お甲は品川が気になり、雨戸を一枚開け、街道に視線をながしていた。

「するとどうでしょう。松平の足軽が一人、おもてを走って行くじゃありませんか。北へ、幸橋御門のほうにです。なにかあったと思い、大松の親分に来てもらい、若い人たちに頼んで外を見張っていてもらったのですよ」

「そのとおりだ。さすがお甲さんだ。勘が鋭いのは壺だけじゃねえようだ」

大松の弥五郎が相槌を入れた。

ほどなく弓張提灯をかざした足軽二人と大番頭の加勢充次郎が南へ走って行ったというのだ。加勢の顔も姿かたちも、棺桶騒動のときにお甲はじゅうぶんに見知っている。夜でも提灯ふたつの灯りがあり、見間違うはずはない。

「もちろん、尾けましたよ。若い人に一人応援についてもらい」

お甲は言い、その場にいた若い者が一人、頷きを入れた。

街道は神明町から南へ浜松町一丁目から金杉橋の手前の四丁目へとつづいている。

「その四丁目の海辺方向の枝道に入っていきやして、そこで残念ながら」

見失ったと若い衆は言う。

「あのあたり、裏手にまわれば木賃宿が二、三軒、まともな旅籠も一軒ありまさあ。

找そうかと思いやしたが、騒ぎになっちゃいけねえと思い……」

「うむ。それでよい。でかしたぞ」

龍之助は返した。

鈴ケ森の浜を出た舟は、金杉橋の近くに着いたようだ。あるいは、これから着くのかもしれない。加勢がすぐさま浜松町四丁目に走ったということは、品川で百姓代の身柄を取った場合の落ち着き先も、すべて事前に決めていたのだろう。

そう思えば、加勢たちの動きの辻褄《つじつま》が合う。いまさらながらに龍之助は、直訴をさせるための松平屋敷の用意周到さに舌を巻いた。陣頭指揮に立っているのは、足軽大番頭の加勢充次郎であろう。

「なるほど、そういうことですかい」

品川宿の経緯《いきさつ》を聞き、弥五郎も得心したように頷いた。

加勢充次郎は旅籠に入り、おそらく沼津の百姓代とは顔を合わせないだろう。百姓代と行動をともにするのは、あくまでも相手が安心感を覚える足軽たちだけで、そのためにも安い木賃宿に入ったことだろう。旅籠などに入れば、百姓代はかえって奇妙に思うはずだ。

いまごろ百姓代は救われた思いで、松平家の足軽たち数人と木賃宿の一隅で膝を交えているかもしれない。

それに、話していることとだろう。

「うちつづく凶作に喰うものもなくなり、それでいて、年貢だけは容赦なく取り立てられておりましたのじゃ。娘を売った家もありましてなあ」

百姓代の話を、足軽たちは芝居ではなく、身につまされる思いで聞き入っていることだろう。それら足軽たちは、白河の出なのだ。東海道の沼津よりも、奥州街道の白河のほうがさらに酷《ひど》い飢饉に見舞われているのだ。

「そりゃあもちろん、幾度も代官所に年貢の減免を願い出ましたじゃ。聞き入れてもらえません。大勢でお城に嘆願しようと集まれば、それだけでお侍衆に打擲《ちようちやく》され、牢に入れられた者もおりますじゃ」

「そうか。そうだろうなあ」

足軽たちが漏らす同情の声は、本心からであるはずだ。

百姓代は一緒にむさ苦しい木賃宿に入った足軽たちを信用し、さらに言っていよう。

そのようすは、左源太にもお甲にも容易に想像できる。

「そこでしかたなく、わしが村々を代表して秘かに在所を出ましてなあ。路銀も村々から集めましたじゃ。お江戸でお殿さまに直接これを……」

ふところから書状を取り出したかもしれない。

足軽の一人は言っているはずだ。

「水野さまのお行列はなあ、ほれ、このすぐそこが東海道じゃ。あしたもそこを通りなさる。俺たちがあした、街道までつき合ってやろうじゃないか」

それがたとえ加勢充次郎の指示であったとしても、百姓代の背を押してやりたい気持ちに、足軽たちは本心からなっているはずだ。足軽たちは、その直訴が水野忠友追い落としの道具にされるなど、聞かされていないはずだ。

「ほんとに、ほんとうに案内してくださるか」

百姓代は足軽たちに手を合わせていようか。

茶店の紅亭では、

「おそらく、金杉橋を渡ったところで……」

大松の弥五郎が言っていた。橋のたもとが、いくぶんの広場になっている。

「あっしもそう思いやす」

「あたしも、やるならそこで行列に向かって飛び出しますよ」

伊三次が相槌を入れたのへ、お甲がつないだ。いずれも自分の身に置き換え、その場を念頭に描いている。

「ふむ。で、あろうなあ」

龍之助は頷きを入れた。

おもての雨戸を閉ざした茶店紅亭はいま、

「町家の街道で、二本差しに勝手な振る舞いはさせねえ」

ための本陣となっている。

沼津の百姓代が沼津藩の家士に斬り捨てられるのを防ぐだけなら容易だ。直前に大松の若い衆が別途の騒ぎをおこせばよい。問題は……どのように防ぎ、どのように処理するかである。

茶店紅亭から灯りが消えたのは、皐月十二日の日付が十三日に変わろうとしている時分だった。

二　江戸抜け

一

時間に余裕はあった。

老中や若年寄の出仕は四ツ（およそ午前十時）である。

「──水野さまのお行列がこの前をお通りになるのは、毎回五ツ半（およそ午前九時）時分でさあ」

昨夜、茶店紅亭の老爺《おやじ》が言っていた。神明町から東海道を金杉橋まで五丁（およそ五百米《メートル》）足らずだ。しかも老中の行列は、

「早く通り過ぎてくれるので助かりまさあ」

沿道の住人たちが言っているように速足である。金杉橋までの時間差は、考慮に入

れるほどのものではない。

大名家の行列が通過するあいだ、往来の者は道を開けねばならず、往還の向こう側に用事があるときなど、列の前や途中を横切ることができないのでけっこう迷惑だ。公然と追い越したり横切ったりできるのは、急を要する産婆だけである。だから荷馬や大八車の者は、行列が背後から来るのを見ると、

「来やがったい、来やがったい」

と、引き離すように急ぎ足になり、向かい側から来たときには、脇をすれ違うことはできるがやはり遠慮して、

「ちっ、またかい」

舌打ちし、脇道にそれてやり過ごしたりする。

鬼頭龍之助《きとうたつのすけ》も街道を定廻りの範囲にしているから、そうした行列とは幾度も出会っており、いつだったか酒癖の悪い酔っ払いを見つけ、脇道に引きたて行列が通り過ぎるまで腕をねじ伏せていたことがある。定町廻り同心にとって、自分の受持ち区域で大名家相手に町人が問題を起こせば、大目付から奉行が叱責され、それが与力を経て自分にはね返ってきて、かなり面倒なことになるのだ。

朝五ツ（およそ午前八時）ごろ、茶店紅亭の奥の部屋は、とっくに左源太や一文字

笠を頭に挟箱《はさみばこ》を担いで来た茂市も詰め、大松の弥五郎に伊三次《いさんじ》、それに若い衆が数人そろい、ちょっとした同心詰所になっていた。もちろん茶店は茶汲み女たちが普段どおりに出て縁台もおもてに出し、すでに幾人かの客が座っている。

「だからよう、騒ぎがあっちゃ困るのよ」

「分かってまさあ。親分からも言われておりやす。きょうは鬼頭の旦那の下知《げじ》に従えってね」

龍之助がきょう街道に目を配る理由《わけ》を話せば、詰めている大松の若い者たちは応《こた》えていた。松平家と水野家の柳営での確執には、大松の若い者たちも一応は心得ているが、鬼頭龍之助の秘めた関わりまでは弥五郎も伊三次も知らない。

それを知っているお甲が、

「あたしがついているからには、そのお百姓代には申しわけありませんが、水野さまのお駕籠に一歩も近づけさせませんよ」

言えば左源太も、

「そんな血を見るのより、俺の技《わざ》のほうが役に立つぜ」

「まったくお甲姐さんと左源兄イにはかないませんや」

大松の若い者たちは言う。お甲の手裏剣と左源太の分銅縄《ふんどうなわ》には、喧嘩慣れしている若い衆にもかなう者はいないのだ。

「どうしようもなくなったときには、おめえらどっちかに技を揮《ふる》ってもらうぜ」

龍之助は目を細めている。二人の技は、きょうの算段に入っているのだ。

話しているところへ、

「分かりやしたぜ」

金杉橋に出張っていた若い衆の一人が茶店紅亭に帰ってきた。

「おう、ご苦労だった。で、どこだ」

代貸の伊三次が腰を浮かした。一番奥の部屋に、龍之助、左源太、お甲、それに弥五郎と伊三次が陣取り、手前の部屋に若い衆が四、五人、待機している。茂市は、

「――わしはこっちのほうがよござんす」

と、入れ込みの隅で挟箱をかたわらにお茶を飲んでいる。龍之助はきのうの浪人姿とは違い、地味な着流しに黒い羽織をつけ、十手をふところに誰が見ても同心と分かる定廻りの姿になっている。街道で騒ぎを起こさせないのは、町奉行所同心の職務なのだ。茂市の担いでいる挟箱には、御用提灯や捕縄などのほかに、変装用の衣装も常に入っている。

「確かに、あの一角の木賃宿でござんした。足軽も三人ばかり一緒に。そいつら、近

くの旅籠にときおり出向いておりやして。探りを入れると、確かに昨夜、足軽をともなった侍が部屋をとっておりやす」

「ふむ」

これ以上、探りを入れる必要はない。部屋をとった侍は松平屋敷の加勢充次郎《かせみつじろう》に間違いはない。

「旦那。いかように」

頷《うなず》いた龍之助に、弥五郎は下知を待つように視線を向けた。

「あとは動きを見るだけでよい。どこか他所へ移るようであったら、すぐ知らせてくれ。もちろんあとを尾《つ》け、移った場所もナ」

「へい」

若い衆はまたさりげなく街道に出た。

「急変以外は街道を走ったりするな。すべて日常のように」

龍之助は若い衆に下知《げじ》している。

さらに一人、

「動きはじめやしたぜ」

金杉橋をわたり水野屋敷の近くまで出張っていた若い衆が戻ってきた。

「水野の侍が五、六人、それぞれ中間《ちゅうげん》をともなって街道へ出やした。橋のあたりからキョロキョロとあちこちを、脇道のほうまで入っておりやす。そのうちの一組はさっき、ここの前を通って行きやしたぜ」

「ほう」

龍之助は返し、弥五郎や伊三次も得心したように頷いた。水野家にすれば、昨夜品川の仕置場近くで百姓代を拉致《らち》したのが、松平の手の者であることはおよそ察しをつけている。それの〝使い道〟も察しがつく。〝厳しく懲《こら》すべし〟のお触れを出したのは、老中の水野忠友《みずのただとも》自身なのだ。それを逆手に取られる。しかも松平定信《まつだいらさだのぶ》から……。水野にとってこれほど癪《しゃく》で、かつ脅威はない。懲しめられるのは、自分になるかもしれないのだ。大松の若い衆は足軽や中間をともなった侍が五、六人と言っているが、確認したのがそれだけで、実際にはもっと多くの家士が街道に出張《でば》り、水も洩らさぬ態勢をとっているのかもしれない。

――騒ぎを起こさせない

この一点では、龍之助と大松一家、それに水野家の思惑は一致している。しかし、共同はできない。龍之助の目的はむろん水野家とは異なり、大松一家もその百姓代と面識はないものの、一家を張る〝男気《おとこぎ》〟で動いているのだ。

「旦那さま」

入れ込みにいた茂市が奥の部屋に顔を見せた。

「どうした」

「さしでがましいかもしれやせんが、おもての縁台に若い侍が三人ばかり座りやして、しきりに奥のほうを気にしているようすです」

知らせに来たのだ。さすがは八丁堀の組屋敷の下男で、気が利く。水野家の家士かもしれない。

「待て」

弥五郎ら座の者が一斉に廊下へ首を出そうとしたのを龍之助はとめ、

「茂市。入れ込みに戻り、さりげなくようすを見ておれ」

「へえ」

茂市は入れ込みに戻った。おもての縁台が見える席だ。さりげなく振る舞うまでもなかった。若い侍の一人が、茶汲み女に、

「奥のほうにも客が入っているようだが、五十近い、いくらか白髪まじりの百姓風の男が来ておらんか」

訊《き》いた。

「いえ。そのような方は……。いま奥はいつもの常連さんばかりです」

「ふむ。さようか」

茶汲み女たちは事情を知らない。正直に答えた。やはり見張りに出張った水野家の家士だ。さらに一人が訊いた。声は、入れ込みの茂市にも聞こえている。

「常連？　そのなかに武士はおらんか」

松平家を意識しての問いである。だが茶汲み女は、そのようなことには無頓着だ。正直に答えた。

「お侍といえば、お侍ですが、奉行所の同心の旦那です。いつもこの町を見まわっていただいている、気さくな旦那で。あゝ、あそこの人。そのお付きの方です」

三人に見つめられ、茂市はピョコリと頭を下げた。もちろんなりゆきは、奥のほうからも窺《うかが》っている。

三人の武士はなにやら相談を交わしたようだ。そのなかの一人がまた茶汲み女に、

「その同心の者、ここへ呼んでくれぬか」

「はい。うかがってみます」

茶汲み女は廊下に入ってきた。

「ウォッホン」

龍之助は咳払いをし、遠慮気味に言った茶汲み女がびっくりするほど二つ返事で応じ、

「伊三次、左源太、おめえらも来い」

「へい？」

二人は怪訝《けげん》そうに腰を上げた。

「旦那？」

弥五郎も龍之助の顔を訝《いぶか》る表情で見た。昨夜話した算段のなかに、この場面はまったく入っておらず、想定もしていなかったのだ。

（おもしろい）

龍之助は内心感じている。縁台に出るなり、

「そちらでござるか、それがしを町方と知ってお呼びもうされたは」

「いや、大した用ではござらぬが。ちと訊きたいことがござってのう」

三人の武士は腰を上げ、龍之助を鄭重に迎えた。

「ふむ。ここでは目立ちもうす。中へ。あゝ、この二人はそれがしの耳目《じもく》になってくれている岡っ引でしてな」

龍之助は背後に控えた左源太と伊三次を手で示し、

「さあ、中で。おう茂市、おめえもだ」

茂市までうながし、さきに立って廊下に戻り、大松の若い衆が控えている手前の部屋に入った。武士たちに有無《うむ》を言わせない誘い方だ。

「さあさあ、ここは町家の茶店、足を崩してくだされ。で、なんでござろう。このころ、それがしもけっこう忙しい身でござりましてな」

龍之助は三人の武士と互いに胡坐《あぐら》で対座し、一膝うしろの左右に左源太と伊三次が正座を組み、茂市は隅に控えた。

(俺まで岡っ引にされちまったか。まんざらでもねえが)

伊三次は思っている。

「いや、そう大事《おおごと》ではござらぬが、ちかごろ世上不安ゆえ、われらの家中の者が街道で揉め事などに巻き込まれてはと懸念いたし、用心のため事前に見まわっておる次第でござる」

「ほう。この街道を経て柳営に出仕なさるお大名家は多うござるが、ご貴殿らもそのご家中？」

「そう思うてくださってけっこう」

誘い言葉に一人が乗った。龍之助はさらに、

「いやあ、そうでござろう、そうでござろう。きのうも奉行所ではお奉行から、大名家のご出仕、屋敷へのご帰還に際し、くれぐれも騒ぎの起こらぬよう警戒を厳にすべしとのお達しがございましてなあ。それでそれがしもご貴殿ら同様、岡っ引を連れ街道に出張っている次第でござる」

「ふむ。ならば、歳なら五十に近く、白髪まじりの百姓風の男を見かけませなんだか」

また一人が訊いた。

隣の部屋では、弥五郎とお甲が若い衆を奥へ移し、板戸に聞き耳を当てている。

「ほう、百姓風でござるか。それがしもそのような者たちへは特に注意を払っておりましてな。ふむ、五十に近い白髪……でござるか。とりたててさような者は見かけなんだが、挙措《きよそ》の不審な者がおればその場で押さえ、行列のご一行が過ぎるまで自身番に引き、見張りをつけておりますのじゃ。先日も三人ほどこの近くで押さえましてな。飛び出して駕籠《かご》訴などされれば事ですからなあ」

「えっ、まことで！　で、その者はいずれの藩の領民でござった？」

「いや。押さえただけで、その者らは暴れたわけではござらぬゆえ、駕籠の列が無事幸橋御門を入られたころあいをみて、そのまま解き放してござる」

言う龍之助に、三人はいよいよ乗ってきた。

「さればでござる。さきほど申した者、もしご貴殿が見つけれらたなら、われらにお引き渡し願いたい」

「ふむ。その者、お国の領民でござるか。どちらでござろう。あ、申し遅れた。それがし北町奉行所同心の鬼頭龍之助と申す。奉行所のお達しによれば、きょうここを通過されるは駿河国《するがのくに》沼津藩の水野さまと察するが」

龍之助は鎌を掛けた
「そ、それは」

一人が慌てたのへ、

「さように解釈されてもけっこう。ともかく引渡しを願いたい。もしよければこの茶店をつなぎの場として、たがいに連絡を取り合いたいが。目的は街道の安寧にて、双方おなじでござれば」

他の一人が繕《つくろ》うように言った。

ここまで聞いて、

（ふむ、なるほど）

板戸の向こうで弥五郎は頷いた。龍之助の背後に端座で控えている左源太も伊三次も内心ハラハラしていたのが、ようやく得心した表情になっている。このあと、金杉橋のたもとで臨機応変に沼津の百姓代の身柄を取り、神明町にかくまう算段だった。困難はそのあとだ。松平家と水野家は百姓代の探索にしのぎを削ることになるだろう。それらをかわすことができるかどうか……。

「――松平家の動きは察知できるから、大丈夫かわせる」

昨夜、龍之助は言っていた。足軽大番頭《おおばんがしら》の加勢充次郎と、それに中間の岩太から動きは探れる。問題は水野家だ。藩邸の動向を探る手段《てだて》がない。対策が立てられない。だが、龍之助が沼津藩水野家の家士と直接つなぎを取るようになれば、その動きは手に取るように分かる。裏をかく策は可能となる。そこで龍之助は、いささか意地悪を思いついたか、不意に部屋の隅へ首をまわし、

「茂市。沼津藩水野さまのお屋敷から、役中頼《やくちゅうだの》みは来ておるか」

「い、いえ」

急に問われた茂市は戸惑い、つい正直に、

「先日ありましたのは、白河藩の松平さまでございます」

「えっ。白河藩の松平！」

武士の一人が強い反応を示し、さらに一人が、

「そ、その儀なれば、当藩でも上役に話し、考慮させていただこう」

みずから水野家の家士であることを白状している。左源太と、さらに板戸の向こうのお甲は嗤《わら》いを堪《こら》えた。松平家から届いた熊胆《ゆうたん》の下にあった十両を、

「——もらっておくのが、松平から身を護るのに一番いい方法ですぜ」

言ったのは左源太なのだ。それによって、龍之助と松平家の〝きずな〟は強まったのだ。

沼津藩水野家が、常に行列を組む街道筋を定廻りの範囲にしている同心に、これまで役中頼みをしていなかったのは、老中職にある驕《おご》りからであったろうか。いまさらながらに見せる水野家の家士の狼狽ぶりが、龍之助にはおかしかった。

そうした事情は、大松の弥五郎も伊三次も知らない。

その伊三次が、きょうの算段の必要から、

「旦那。そろそろ見まわりに出かけやしょうかい」

太陽の高さから、水野家の上屋敷では行列の準備がととのったころである。

「どちらへ見まわりに？」

「金杉橋のほうまででござる。それがしの受持ちゆえ」

すかさず訊いた武士に龍之助は応え、

「ではこれにて、失礼つかまつる。左源太、伊三次、茂市、行くぞ」

龍之助は命じ、腰を上げ廊下に出た。水野家の家士三人も慌ててあとにつづき、

「鬼頭龍之助どのと申されたなあ。これからもよしなに願う」

「分かりもうした。つなぎはこの茶店にて」

言い残し、街道を南へ歩を進めた。金杉橋の方向である。着流しに黒い羽織をつけ、裏金を打った雪駄の足を地面にシャーシャーと音を立てて進む。背後に一文字笠の下僕が挟箱を担いでつづき、道案内のように着流しと職人姿の町人が前後についている。誰が見ても奉行所の同心の見まわりである。

うしろ姿を三人は見送った。おそらく屋敷で見張る場所を定められており、一緒に行くことができないのだろう。

そのあとすぐ、お甲が大松の若い衆二人とさりげなく龍之助たちのあとを追った。お甲を左右から挟んだ若い衆はいずれも大柄で、お甲が子供のように小さく見える。

二

「おう。すべて整っていような」

「ぬかりありやせん」

「よし、おめえらも行け」

「へい」

あとに残った若い衆も茶店紅亭を出た。奥の部屋には大松の弥五郎と、遣《つか》い走りの若い者《の》が一人となった。

「ふふふ。この街道《けえどう》で十万石と三万石の鼻を明かしてやるか……おもしれえ」

弥五郎は呟《つぶや》いた。小柄に愛嬌のある丸顔が、いっそう不気味に見える。

この日、皐月《さつき》（五月）十三日、五ツ半（およそ午前九時）に近い。金杉橋を渡る大八車や下駄の音が聞こえてきた。

「旦那」

脇道から大松の若い衆一人がフラリと出てきて往来人にまじり、兄貴分の伊三次に目で合図を送ってから龍之助に寄り添い、

「木賃宿からやつら出てきやした。百姓代に足軽が二人ついてまさあ。そのすぐうしろに旅籠から出てきた侍が、足軽二人を連れてつづいておりやす」

「ふむ」

木賃宿と旅籠を見張っていた一人だ。

龍之助は返し、歩をゆるめた。〝敵〟の出方が分からない。一つのこと以外、

「――その場の状況を見て」

昨夜、茶店の紅亭で話し合ったのだ。さきほどの三人の家士への対応も、臨機応変の措置だったことになる。

金杉橋の手前の広場まで、あと十数歩。橋の向こうの、新堀川に沿った往還から行列の先頭が街道に出てきた。

二人の武士が急ぎ足で、

「寄れーっ、寄れーっ」

声を上げながら橋板に入った。いずれの大名家の行列もおなじである。そのあとに奴姿《やっこすがた》の中間が四、五人、水桶を手にかわるがわる柄杓《ひしゃく》で水を撒きながら進む。土ぼこりが立たないようにするためだ。そのあとに本隊がつづく。

(やはり)

龍之助は思った。

いましがた落ち着きのない二人の武士とすれ違い、さらに〝寄れーっ、寄れーっ〟と声を上げる武士の数歩前を、おなじように左右に目を配りながらなかば駈け足の武士が三、四人、進んでいる。きのうの品川宿での経緯を知っている者なら、それの意

味するところは容易に理解できる。水野家は、領民の駕籠訴を極度に警戒しているのだ。往来での駕籠訴、すなわち直訴である。

それら忙しそうな武士が橋を渡りきった。

背後に、

「寄れーっ、寄れーっ」

聞こえ、姿も見える。すでに橋へ入っている。

「チッ、出会っちまったぜ」

「あら、いやだ。また行列」

声が聞こえ、往来人たちは荷馬や大八車などとともに軒端《のきば》へ寄り、脇道に入る者もいる。

「行くぞ」

龍之助は左源太、伊三次、茂市をうながした。すぐうしろには、大柄な若い衆二人に挟まれたお甲がつづいている。それらは自然、橋のたもとの広場に行列を避けた往来人たちの前へ、歩み進んだかたちになった。ここまでは算段どおりである。

橋のたもとの広場といっても、そう広くはない。そこから川原へ降りる石段があり、かつて金杉橋からも流人船《るにんぶね》が出ていたことがあり、そのために設けられた空間で、小ぢんまりとした空き地といった程度だ。

そこにたむろする民の一部になったとき、水撒きの中間たちはすでに通り過ぎ、供《とも》侍《ざむらい》たちの列になっていた。供侍たちは普段なら沿道に目もくれず、ただ前方を見つめて過ぎ去るのだが、横目で往来の軒端や枝道にまで気を配っているのが分かる。

背後から、

「この人垣のうしろのほうにおりやす。訴状を挟んだ竹棒を隠し持って、まわりは足軽どもが固め、すぐ近くに沙汰人《さたにん》の侍がついておりやす」

小声の早口で、龍之助と伊三次の耳元にささやいた。二人は顔を見合わせ、

「ふむ」

頷いた。〝敵〟の策が分かったのだ。行列は急ぎ足で、駕籠はもうすぐ広場の前を通過する。

その広場にかなりの人数が立ち姿で行列の過ぎるのを待っている。往来の軒端とは違い人の肩は幾重《いくえ》にも重なり、うしろのほうは見えない。駕籠がすぐ前を通りかけると同時に中間たちが人垣をかき分け、百姓代が走って飛び出し、

『お願い申し上げまするーっ』

叫んで駕籠に走り込む。

『直訴だ！　直訴だ！』

中間たちは大声で叫ぶ。

行列の供侍はその者を、

『無礼者！　ご法度を知らぬかっ』

斬り捨てるか地面に押さえ込み屋敷へ連れ去るか、それは分からない。いずれにせよ、松平家にとっては、水野家への直訴騒ぎがあればそれでよいのだ。そのあとの百姓代の身の上など、斟酌《しんしゃく》の範囲外である。

（よし、いける）

龍之助も伊三次も確信した。周囲に配置した人数は、加勢充次郎配下の中間たちの数を凌《しの》いでいる。

四枚肩《しまいかた》の駕籠が金杉橋に入った。龍之助たちからも見える。近づく。背後に人の動こうとする気配を感じるのは気のせいではない。

駕籠は橋を渡りきった。

「あれーっ」

「なんでえ、なんでえ」

急に背後で騒ぎが起こった。軽装の武士である足軽数人が、人垣をかき分けはじめたのだ。その足軽たちが龍之助や伊三次らとならんだ。目の前には駕籠が……。

「何事！」

「狼藉者《ろうぜきもの》かっ」

前後の供侍たちは駕籠の周囲に走った。

百姓代が飛び出した。

「お願いの……」

叫ぼうとした。

「静まれ！」

同時に飛び出したのは龍之助だった。誰が見ても町奉行所の同心である。

「うわっ」

「騒ぎめさるな！」

左源太が百姓代に組みつき、十手を振りかざした龍之助が、刀に手をかけた供侍たちの前に立ちはだかった。

「どうした、どうした！」

足軽たちの前に体を張ったのは伊三次だけではない。大松の若い衆たちはすでに配置についていた。野次馬を装い、巧みに足軽たちの動きを封じている。

「キャーッ」

女の悲鳴が上がり、野次馬がさらに増えようとする。

「こっちへ来なせい！」

百姓代を両脇から抱え込む者がいた。大松の若い衆だ。

「きさまっ、久兵衛《きゅうべえ》！」

供侍のなかに百姓代を見知っている者がいた。声が飛んだ。

「許さん！」

刀を抜いた。

「ひゃーっ」

「抜いたぞ、抜いたぞ！」

広場から悲鳴や怒声が飛ぶ。

「斬りなさるか！」

久兵衛なる百姓代は大松の若い衆に両脇を抱えられたまま、刀を抜いた家士をにらみつけ、龍之助はその家士の前に飛び込み、

「よしなせえっ」

十手を突きつけた。

「おーっ」

広場から声が上がる。

「いまだ！」

「沼津の人、来なせいっ」

両脇から抱え込んだ若い衆二人は、久兵衛を広場の隅へ引き立てた。伊三次が誘導している。川原へ降りる石段のほうだ。臨機応変は、すべてこの一点のためだった。

「おめえらも刀を抜くかい」

人混みをかき分け近づこうとする足軽たちを、大松の若い衆らが防ぐ。

「逃がさんぞ」

さらに殺気立った家士の一人が抜いた。龍之助は抜刀した家士と向かい合い身動きがとれない。久兵衛に立ち向かった家士が刀を大上段に構えた瞬間だった。広場から幾つもの悲鳴が飛ぶなか、

「ウグッ」

抜刀した家士の動きがとまり、

「うううっ」

よろめくように刀をだらしなく下げた。

腕に手裏剣が刺さったのだ。

衆目は刀を下げた家士に集中している。しかも手裏剣を打ったお甲は大柄な若い衆二人に挟まれ、周囲からの視界はさえぎられている。

衆目は同時に、

「おおおっ」

家士の腕から血のしたたるのを見た。場は騒然となった。

水野忠友を乗せた権門駕籠はその場を通り過ぎており、行列は急ぎ足のまま進み、すでに殿《しんがり》になろうとしている。十名ばかりの家士が現場に踏みとどまった。

「さあっ、早く」

伊三次は石段の下へ誘導する。久兵衛にはわけが分からず、混乱した脳裡のまま訴状を挟んだ竹はしっかと持ち、石段下の川原へ引き立てられるのに抗《あらが》うこともできない。

踏みとどまった家士らが追おうとする。

それらの前面に龍之助は走り込み、叫んだ。

「貴殿ら！　沼津藩水野家のご家中とお見受けする！」

「ううっ」

水野家の家士らは瞬時たじろいだ。

龍之助の声が追い打ちをかける。

「ここは天下の往来！　お家のためにも静まりなされいっ」

行列は進んでいる。殿《しんがり》が通った。

「引けいっ」

上士であろう号令する者がおり、一斉に列を追った。手裏剣を打たれた家士は、
唸りながら同輩につき添われ金杉橋に返し、逃げるようにいま来た新堀川沿いの往還に駈け込んだ。

「ううう」

石段の下、川原である。

「乗りなせい」

伊三次はさらにうながし、久兵衛に否《いな》やはない。まだ両脇を抱え込まれているのだ。

舟に乗せられ、岸を離れた。

「い、い、い、いったい、おまえさまがたは!?」

「あんた、久兵衛さんといいなさるか。命びろいしたと思いなせえ」

揺れる舟の上で伊三次は言った。

すぐ目の前は江戸湾だ。

橋のたもとの広場では、

「さあさあ、もう騒ぎは終わったぞ」

まだ呆然と立ち尽くしている町衆に、龍之助は十手を手に追い立てるように言っている。

「なんだったんだね、いまのは？」

「たしか一人、腕から血を流していたが」

往来人たちの話し合っているなかに、金杉橋から下駄や大八車の音が聞こえはじめた。

なおもなかば呆然とし、落ち着かない一群がいた。

「そなた、北町奉行所の鬼頭どのではござらぬか」

「おゝ、これは松平さまの加勢どの」

「しっ、声が高うござる」

加勢充次郎が龍之助のそばに歩み寄ってきた。

龍之助は、

「加勢どのがなにゆえここに？　それがし、胆をつぶしましたぞ。時節柄、街道の警備にあたっておりましたら、目の前でいきなりこの騒ぎ……」

「ほう。ならば貴殿、たまたま出会うたと？」

「さよう。なにやら直訴のようでもござったが、くわばらくわばら。ここで起こされたのではそれがし、奉行所で顔が立ちもうさぬ。で、ご貴殿は？」

加勢は龍之助の言葉を信じた。

「いやあ。それがしも配下を連れ、まったくの通りすがりでござった」

「ほう。これはお互い、偶然でございますなあ」

「さよう」

返した加勢の表情に、安堵の色が見られた。背景を、龍之助がまったく気づいていないと解釈したのだ。近くにお甲も左源太もいない。とっくに散ってしまっている。もちろん大松の若い衆も往来人とともに散っている。舟はすでに江戸湾へ出ていようか。棹《さお》と櫓《ろ》をあやつっているのは、大松一家の息のかかった船頭だ。いま龍之助と一緒にいるのは、挟箱を担いだ茂市のみである。茂市も詳しくは聞かされておらず、

「旦那さま。さっきのはいったい？」

「俺にもよく分からん。ともかく大事に至らずよかった」

「ふむ」

茂市の問いと龍之助の返答に、加勢は頷いた。水野家の行列はすでに遠ざかり、街道は通常の往来に戻っている。

「ならばそれがしはこれで。そうそう、先日頼んだ件、よろしく願いますぞ」

「心得ておりもうす」

路上で、龍之助と加勢は別れた。

岸辺に足軽の一人か二人は舟を追ったであろうが、陸の追っ手を撒《ま》くなど舟には簡単なことだ。

三

午《ひる》近くだった。

若い衆二人を連れた大松の弥五郎の姿が、増上寺門前町の居酒屋に見られた。神明町の南手に増上寺山門前の広場のような通りが伸び、東海道と丁字型に交差している。その大通りの北側が神明宮の門前町で、南側が増上寺の門前町となり、広大な増上寺の規模に比例し、町も神明町に数倍する広さがある。そこを仕切る貸元も、神明町が大松の弥五郎一人なのに対し、数人が棲《す》み分けており、ときには抗争もする、きわめて複雑な土地である。そことなにがしかの話をつけるのは、伊三次にはまだ無理で弥五郎にしかできない芸当だ。その弥五郎の前に、まだ事態を解《げ》しかねている沼津の百姓代・久兵衛がいる。さっきまで端座していたのを、

「足を崩しなせえ」

弥五郎に言われ、ようやく楽な胡坐《あぐら》に組み替えたところだ。

金杉橋の下を離れた舟は、一度江戸湾に出て追ってきた松平家の足軽たちの目をくらまし、ふたたび新堀川に戻ってさかのぼり、平常に戻っている金杉橋の下を下駄や大八車の音を聞きながらくぐり、さらに上流へのぼった。

新堀川は金杉橋の上流二丁（およそ二百米《メートル》）ほどのところに将監橋《しょうげんばし》が架かっている。川の北側が増上寺の門前町で、南側が川沿いの往還をへだてて武家地が広がり、沼津藩水野家の上屋敷はその一角にある。舟がさかのぼるとき、

「――ここからは低くて見えやせんが、その土手の向こう、水野さまのお屋敷ですぜ」

「――ううううっ」

伊三次が言うと、ふところにしまい込んだ訴状を久兵衛は上から押さえ、唸り声を上げていた。

「おめえさん、久兵衛さんといいなさるか。命びろいしたと思いなせえ」

「ううっ」

ここでも久兵衛は大松の弥五郎に言われ、唸り声を上げた。確かに家士の一人は自分に向かって抜刀し、さらにもう一人が斬りつけようとした。

(そこを、なにやらわけの分からない町衆に救われ、しかも奉行所の役人が出て行列の家士らを牽制していた)

その認識はある。

「詳しい事情は知らねえが、暗くなるまで待ちなせえ。あんたを救ってくだすった奉行所のお役人に引き合わせるぜ」

「えっ」

「ははは。引き渡すんじゃねえ。引き合わせるんだ。おめえさんを救ってくだすったお人だ。そのお人が事情を話してくださろうよ」

弥五郎は久兵衛に言っていた。

鬼頭龍之助は一文字笠に挟箱を担いだ茂市をともない、ひとまず奉行所に戻って、

「さきほど東海道浜松町四丁目、金杉橋のたもとにて……」

与力の平野準一郎に口頭で報告した。

「ほんの瞬時の騒ぎであとは何事もなく、騒ぎの張本《たばね》が誰かも分からず、自身番を借りることもありませんでした」

町の自身番の控帳《ひかえちょう》には、なにも記《しる》さなかったということである。町の出来事で自身番の控帳に記されなければ、奉行所の御留書《おとどめがき》にも載らない。つまり事件は、

(なかった)

のである。

「ふむ。このご時勢、それがよい場合もあるでのう」

平野与力は龍之助の措置を是《ぜ》とした。直訴の領民を秘かに葬ろうとするのは、沼津藩に限ったことではない。松平家の白河藩でも、国おもてから江戸への入り口になる千住宿にけっこう目を光らせているのだ。それらの揉め事を奉行所が扱うのは無理があり、大名家とあらぬ波風を立てる原因にもなる。平野与力はそこを解したのだ。

「ともかくだ、この江戸府内で直訴騒ぎや数を恃《たの》んでの強訴などがあれば、たちまち打ち壊しにまで発展しよう。どんな小さな芽も、一つ一つ押さえ込んでおくのじゃ。江戸で発生すれば、すぐさま全国に波及しようでのう」

「はっ。それがしもさように思いまして」

龍之助は言った。平野の言葉は奉行所の方針であり、柳営からの達しでもある。この皐月（五月）十三日、大坂の一角できのう発生した打ち壊しが、たちまち市中全域に広がり、もはや奉行所の力では押さえきれず、きょうは暴徒と化した民が大名家のお蔵にも殺到し、叫喚と略奪の状況に陥《おちい》っていることは、まだ江戸に伝わっていない。海路大坂に向かった百名を越す御先手組も、まだ駿河湾沖のあたりであろうか。

与力への報告だけで龍之助が北町奉行所を出たとき、陽はまだ高かった。奉行所のある外濠《そとぼり》の呉服橋御門を出ると、

「茂市。八丁堀の組屋敷ではなく、もう一度神明町に戻るぞ」

「えっ」

茂市は驚いた表情になった。〝ほんの瞬時の騒ぎ〟で記録にも残さない報告など、きょうでなくともあしたでもよい。

（だが報告は、必要なのだ）

松平家も水野家も、

『東海道の金杉橋付近で騒ぎはなかったか。あればいかが相成ったろうか』

町奉行所に問い合わせてくるはずだ。松平家にとっては利用価値が高く、水野家にとっては死活問題となる百姓代・久兵衛が行方不明なのだ。あるいは双方とも、

(相手方に押さえられた)

思っているかもしれない。

奉行所は答えるはずだ。

『関知しておらず』

松平家も水野家も安堵し、ならば、

(あのとき現場にいた同心につなぎをとれば……)

算段することになるだろう。久兵衛を無事に江戸から逃がすには、そのながれが必要なのだ。

「おまえも聞いたろう。茶店の紅亭がつなぎの場になる……と」

「へえ」

塗笠をかぶった頭をわずかに振り返らせた龍之助に、一文字笠の茂市はまだ合点《がてん》のいかない表情だった。

一見、街道はいつもと変わりはない。だが、

(なにやら緊迫しているような)

張りつめたものを感じる。騒ぎにはなっていないが、なにやらを期待しているような〝溢《あぶ》れ者《もの》〟と思える者の姿がかなり見られる。それらは決まって、町方である龍之

助の姿を見ると、知らず警戒した素振りになる。

茶店の紅亭に入った。

「わしはここにいまさあ」

茂市はまた入れ込みの部屋に残った。

奥の部屋に入った。昨夜からずっと貸切りである。

「旦那ア」

と、左源太と伊三次が待っていた。

「首尾はどうだった」

「へい。うまく将監橋から上がりやして、いま向こうの貸元の世話になり、大松の親分《うち》がつき添っておりやす。暗くなってからこちらの縄張《しま》へ移しやす」

伊三次が応えた。暗くなれば、一帯はそれこそ貸元たちの町となる。それで町の治安は他の町よりも厳然と守られているのだ。武士であってもそのような町に入り探索じみた振る舞いでもしようものなら、たちまち一家の若い衆に取り囲まれ、かえってそれが騒ぎになるだろう。

「世話になるなあ」

「いえ。大松の親分も、大名家相手の〝遊び〟に大喜びでござんすよ」

「そのとおりでさあ。だけどよう、きょうはお甲だけにいい思いをさせちまったい。おもしろくねえ」

「それ、それ。鮮やかでござんしたねえ」

左源太が言ったのへ、伊三次が相槌を打つようにつないだ。手裏剣のことだ。お甲は鮮やかな手並みを見せたが、左源太が分銅縄を打つ機会はなかったのだ。

「なあに、きょうで終わったわけじゃねえ。水野か松平の侍を相手に、また一芝居打たねばならん。むしろこれからが大変だぞ」

龍之助の言に、左源太も伊三次も頷いた。手裏剣一本といえど、血を見たのだ。それは間髪を入れずどこからともなく飛来した。

（松平の者が）

水野家にはそうとしか判断できない。

（松平はそこまで……）

同時に戦慄を覚えたことであろう。相応の対処はするはずだ。

「寄れーっ、寄れーっ」

の声が、おもてから聞こえてきた。老中や若年寄は、平常なら〝四ツ上りの八ツ下り〟と言われているように、昼四ツ（およそ午前十時）に出仕し、昼八ツ（およそ午後二時）ごろに退出する。

「旦那さま。いま水野さまのお行列がここの前を」

入れ込みにいた茂市が部屋へ知らせに来たのは、夕の七ツ半（およそ午後五時）ごろだった。

「えっ、こんな時分に？　ちょいと見てきまさあ」

左源太が腰を上げ、入れ込みまで出て茂市と一緒に暖簾から顔を出し、すぐ戻ってきた。

「へへ、相変わらず速足で。城中でもおなじように走りまわってたんでがしょねえ」

「そのようだな」

また胡坐を組みながら言ったのへ龍之助は返し、

「朝方のあの藩士、またここへ来るかもしれんなあ」

「あのお侍には、あっしも旦那の岡っ引ってことになってますからねえ。どんな話をするか、あっしも一緒に聞きたいもので」

伊三次らが愉快そうに言っているうちに、おもてのざわつきは収まった。行列が通り過ぎたのだ。

そのあとすぐだった。

「代貸。親分がそろそろ刻限だから来てくれ、と」

大松の若い者が伊三次を呼びに来た。

「おう」

伊三次は返し、

「頼むぞ」

龍之助の声を背に伊三次は部屋を出た。久兵衛の身柄を神明町に移すのだ。あたりに松平家や水野家の者がうろついていないか、事前に見まわらなければならない。それに増上寺門前町の貸元への挨拶も欠かせない。そこに弥五郎と伊三次の二人がそろう必要があるのだ。夜更けてから久兵衛をかくまう場所は、小料理屋のもみじ屋だ。神明町の奥まった路地の一角にある。決めたとき、

「――ふむ。あそこなら松平も水野も気づくまい」

龍之助は膝を叩いたものだった。大松一家の常設の賭場《とば》だ。そこで手裏剣よりも壺振りの冴えを見せているのがお甲である。といっても、毎日開帳しているわけではない。このところ、いつどこで多人数が騒ぎを起こすかもしれない状況にあり、

「――しばらく開帳は控えよ」

龍之助は言い、弥五郎はそれを守っている。

伊三次が部屋を出てからすぐだった。また茂市が部屋の板戸を開け、

「旦那さま。来ましたよ、朝方の水野さまのお侍」

「ふむ。通してくれ」

「へへ。来なすったね」

龍之助は胡坐のまま身づくろいをし、左源太はその斜めうしろに座を変え、端座の姿勢をとった。

「おゝ、鬼頭どの。やはり申されたとおり、ここがつなぎの場でよかった。八丁堀まで行かねばならないかとも思うておりましてな」

「これは水野さまのご家中。さあ、足は崩してくだされ」

互いに胡坐を組んだ、尻を畳につけて座るのは利に叶《かな》っている。正座なら両者の距離によっては、いきなり対手に飛びかかることができる。だが、胡坐ではできない。敵意はないとの意思表示なのだ。午前におなじ部屋で対面したときも胡坐であったが、二度目となると、親しさを示す意味合いも帯びてくる。

水野家の家士もそう感じたか笑顔で応じ、

「申し遅れた。それがし沼津藩水野家にて馬廻役《うままわりやく》を勤むる江口惣太夫《えぐちそうだゆう》と申す」

曖昧《あいまい》だった午前とは異なり、明確に藩と名を舌頭に乗せた。

「ほう、江口どのと申されるか」

斜め背後の左源太に振り返り、

「この者は……」

「貴殿の岡っ引でござったのう。もう一人いたようじゃが」

「さよう。あれはいま街道の見まわりに出ておりましてな」

「へえ。あっし、左源太と申しやす」

職人姿の左源太は端座の姿勢でピョコリと頭を下げた。おもてには午前とおなじ挟箱持もおり、顔ぶれに変化がないところからも、江口惣太夫は龍之助にいっそう信を置いたようだ。藩主が江戸城本丸に出仕しているあいだ、藩の警備陣は状況を話し合ったはずだ。そのなかで江口は神明町の茶店紅亭で北町奉行所の鬼頭龍之助なる同心と知り合い、その者も街道の警備についていることを話したことであろう。

「――町家のことは町方を味方につければ心強い」

藩士らは話し合ったことであろう。

そして藩主が柳営を退出しその行列が上屋敷への帰途についたあとすぐ、江口惣太夫が龍之助を訪ねてきた。

――北町奉行所同心・鬼頭龍之助へ個別に、街道筋の町家の探索を依頼する警備陣は藩の意志として決めたのかもしれない。しかも、つなぎ役は江口惣太夫……まだ三十前に見えるが、午前中も他の二人を差配していたようであった。あしたにでも八丁堀の組屋敷に役中頼みが届けば、それは確実とみてよいだろう。

江口は話しはじめた。

「けさのことだが、それがしが貴殿とここでお会いいたしたあと、金杉橋のほうにてわが藩の行列になにがしかの騒ぎがあったように聞くが……」

「ありもうした。それがしもおりよく現場におりましてな。貴殿から頼まれたのは、五十がらみで白髪まじりの男でござったのう。もしやと思い気を配り、それらしき者をチラと見かけましたが、当方にとっては街道の騒ぎを収めるのが先決ゆえ、見失ってしまいもうした。この左源太ももう一人の者も、見たのは一瞬ですぐ見失ったが、数名の仲間がいたようなようすだった……と。そうだったな、左源太」

「へ、へい。そのとおりでございます」

左源太は合わせた。

「うーむ」

江口は唸った。藩主・水野忠友の駕籠を現場で警備していた同僚から聞かされた内容と一致している。町方の同心が、街道で騒ぎがあれば〝捕縛〟よりも騒ぎの拡大を防ぐのを第一に考えるのももっともなことなのだ。

ふたたび江口は話しはじめた。

「なれど昼間、わが藩の重役が奉行所に問い合わせたが、騒ぎなどなかったと……」

「あはは。それでござるよ」

龍之助は一膝乗り出した。予測が当たったのだ。

「あれしきのこと、口頭で与力どのに報告したのみにて、町の自身番にも奉行所にも記録にはとどめてござらぬ」

「与力どのは……?」

江口は龍之助の顔をのぞきこんだ。

「それでよいと」

「ほう」

安堵の表情になり、

「なれば、あらためてお頼みもうす。五十がらみの白髪頭と申したは、わが藩のある村の仕置《しおき》を預かる百姓代の一人にて、村を逃散《ちょうさん》せしもの。名は久兵衛と申す。見かければ、すぐさま金杉橋向こうのわが藩邸にお知らせいただけまいか」

農民が田畑を捨て他所に逃げる逃散は、藩においては重罪である。

「ほう、逃散でござるか。なれど街道の範囲は広く、それがし一人では」

「もちろん、藩邸からも多数の者が出ておりもうす。新たな逃散の者が江戸へ入らぬかと、品川宿のほうにも……さように水も洩らさぬ布陣をしておるが、やはり町家のことはそなたにお願い致したい。とくに、きょうのような金杉橋のあたりから町家のつづく宇田川町のあたりまで……」

「よろしい、江口どの。藩を思う貴殿の心情、分かりもうす。その範囲内なれば、それがしも尽力できましょうぞ」

「かたじけのうござる」

胡坐のまま、江口惣太夫は両拳《こぶし》を畳についた。

「ささ、頭を上げてくだされ」

言う龍之助は本心からであった。藩主の水野忠友は田沼意次に手のひらを返した人物ではあるが、松平定信ら門閥譜代勢力の攻勢から藩を護ろうとする心情は切実であり、龍之助の心に響くものがある。一方、あすの米さえなくなった村を救おうと、捨て身になっている久兵衛の身も憐れというほかはない。

龍之助と左源太は、おもてまで出て見送った。江口惣太夫は振り返り、また辞儀の礼をとった。龍之助も辞儀を返した。

暮れかけた街道のながれに、その肩が見えなくなったとき、

「旦那ア、うまくやりやしたねえ。あっしゃあ舌を巻きやしたぜ。松平屋敷とおんなじだ。これで橋向こうの水野の動きも手に取るように分かりまさあ。水も洩らさぬ布陣だってよう」

「だからだ。気を引き締めねば」

龍之助はポツリと言った。

すでに陽は落ち、茶店は外に出している縁台をかたづけ、そろそろ雨戸も閉める時分になっていた。

四

「無事、移しやした」

伊三次が龍之助を茶店へ呼びに来たのは、すでにおもての雨戸も閉め、灯りがあるのは奥の部屋だけとなっていたときだった。

その灯りも消えた。市中に不穏がささやかれているときでもあり、街道には人の気配もなく、神明町も門前町とはいえ、いつもの華やかさはなかった。

「さ、こちらでございます」

伊三次は自分の店のように案内する。実際、大松一家の店なのだ。

賭場を開帳する部屋だった。本来なら百目蠟燭が四隅に立ち、煌々《こうこう》とした明かりのなかに客たちの熱気が渦巻いているのだが、いまは行灯一基の明かりに薄暗い。

「おう、旦那。待ってやしたぜ。あとはよろしゅうお願いしやす」

龍之助が部屋に入ると、大松の弥五郎と若い衆が腰を上げ、久兵衛は入ってきたのが二本差しの武士であることに、ビクリとしたようすを見せた。

「落ち着きなせえ。さっきから言っている、話の分かる同心の旦那だ」

言いながら弥五郎は部屋を出た。

部屋には龍之助と久兵衛の二人となった。

「おう、そのままにしねえ」

「えっ」

龍之助を前に久兵衛が胡坐から端座に足を組み替えようとしたのをとめられ、しかもその伝法な口調に驚いたようだ。

「ま、そう固くなることはねえ。おめえさんが命びろいしたのは、おめえさんを金杉橋で助けた町衆から聞かされたろうから、俺からはもうなにも言わねえ」

さらに伝法な口調をかぶせた。久兵衛は頷きを見せ、龍之助はつづけた。

「おめえさんが沼津の百姓代で江戸へ出てきたのは、藩主の水野忠友公に直訴するためだってえことは分かっている。それがなんでこんな奇妙なことになったか、おめえさん分かってるかい」

そこが久兵衛には分からない。首をかしげている。

「だったら教えてやろうじゃねえか」

龍之助は十代家治《いえはる》将軍の死去から、若い十一代家斉《いえなり》将軍の就任した今日までの柳営の動きを、田沼意次の失脚もまじえて話した。そのために藩主の水野忠友が苦境にあることは、江戸から離れていても、百姓代であればうっすらと認識はしている。宿敵の松平定信の名も出され、いま詳しく認識を深めた。

　頷く久兵衛に龍之助はさらにかぶせた。

「鈴ケ森の仕置場のところでおめえさんに声をかけ、親切ごかしに金杉橋の近くまで舟でいざない、宿まで用意したのは、ありゃあ松平の手の者だぜ」

「えっ！」

　久兵衛は、行灯の炎が揺れるほど大きな反応を示した。

（利用された。しかも忠友公を陥《おとしい》れるために）

　同時に認識もした。

「そういうことさ。松平はおめえが水野家の藩士に殺される場をつくろうとしてたってことさ」

「うううっ」

「おめえさん、てめえの命は大事にしろや」

　龍之助は言い、励ますことも忘れなかった。

「おめえ、江戸に出てくる道中、じゅうぶんに見たろう。青々とした田をよう。飢饉はもう終わりだ。今年の秋にゃ収穫は平年なみに戻る。おめえのやるべきことは、この知らせを持って、生きて郷里《くに》の沼津に戻ることだぜ」

久兵衛は頷き、

「お、お役人さま。わしは、わしはどうすれば……」

すがるような表情になった。

「つまり、生きてどう江戸を出るかってことかい」

「は、はい」

久兵衛は身を低め、膝を乗り出した。

「そこよ」

龍之助は淡い灯りのなかに久兵衛の表情を見つめ、

「水野の屋敷はおめえをとっ捕まえようと、品川宿の向こうまで水も洩らさぬ見張りをつけているぜ。松平の屋敷は、見失ったおめえを必死に找《さが》している。そんなところへノコノコ出ていってみねえ。おめえの命はいくらあっても足りねえ」

「だ、だから、どうすれば」

「ここにかくまわれていねえ。幾日になるか分からねえ。俺がなんとか江戸を出られる算段を考えようじゃねえか」

「お役人さま！」

久兵衛はさらに一膝前に進み、龍之助の手を取り、額にすり当てた。

「さ、俺の話はここまでだ。あとはこのお人らの言うこと聞き、おとなしくしていねえ。どこに誰の目が光っているかもしれねえ。おめえが見つかりゃあ、おめえを助けてくれたお人らにも俺にも迷惑がかかるってことを忘れるんじゃねえぞ」

龍之助は久兵衛の手を払い、腰を上げた。

久兵衛は追いすがるように、

「お役人さま。なぜ！　なにゆえ、わたしにそこまで……」

いまの久兵衛にとっては、それが最大の疑問であろう。

「あははは」

龍之助は振り返った。

「町家の街道筋でなあ、侍《さむれえ》に勝手な真似をされちゃ気の収まらねえのが、江戸の町衆の心意気と思いねえ。そこに命を張る馬鹿な侠客《きょうかく》みてえのが、江戸にはけっこういるってことさ」

「お、お役人さまは!?」

「ははは、俺は町方だ。町家で刃傷沙汰《にんじょうざた》などあっちゃ困るのよ。事前に防げるものなら防ぎたいやな」

それがすべてではないが、嘘《うそ》は言っていない。

「あり、ありがとうございまする――」

龍之助の背後で、久兵衛は額を畳にこすりつけた。

龍之助はうしろ手で襖《ふすま》を閉めた。

おもてのほうの部屋である。

「旦那。隣の部屋で聞かせてもらいやした」

弥五郎が言った。伊三次も左源太もいる。頷きを見せている。

「ふふふ。そのくれえ、気がついてたさ」

「旦那。あっしゃあ、この一件。旦那のおっしゃる〝馬鹿〟になりやすぜ」

「あっしもで」

弥五郎の言葉に、伊三次がつないだ。

五

翌十四日、江戸の町は不穏ななかにも平穏を保っていた。町奉行所の同心たちが挟箱持のほかにも六尺棒を小脇に白だすき、白はちまきの捕方数名を引き連れ、休むことなく市中を巡回しているのが効いているようだ。龍之助も茂市のほか、捕方三人ばかりを随《したが》え、受持ちの街道を日に幾度も巡回した。

水野家の江口惣太夫と出会った。きのうとおなじ二人の家士が一緒だった。

「おゝ、鬼頭どの。ご苦労さんでござる。で……」

路上の立ち話である。龍之助は声を低め、

「気をつけておるのでござるが、それらしい者は……」

「いったいどこにもぐり込んだのか、よしなに頼みますぞ」

「むろん」

江口らも見まわっているのだ。

午過《ひるす》ぎ、神明宮石段下の割烹紅亭の部屋で、大松の弥五郎と膳を囲んだ。伊三次に左源太、お甲も一緒だ。茂市と捕方三人には別間で食事を摂《と》らせている。

「やはり出ておりやすねえ。水野だけじゃござんせん。松平もでさあ」

伊三次が言えば、

「裏道もですぜ。品川の近くまで」

「ほんに水も洩らさぬ態勢でござんすよ」

脇道も、左源太とお甲が手分けして見まわってきたのだ。

「こりゃあ旦那がきのうおっしゃってたように、幾日かかるか分かりやせんねえ」

弥五郎も腹を据えたように言う。

「そのとおりだ。久兵衛をもみじ屋から一歩も出すんじゃねえぞ」

「分かっておりやす。当人もその気になり、凝《じ》っとしておりまさあ」

話しているところへ、

「松平家の加勢さまとおっしゃる方が、鬼頭さまを訪ねておいでてございます」

茶店紅亭の茶汲み女が龍之助に知らせに来た。

「ほう。やはり来たか」

龍之助は立ち、茂市と捕方を引き連れ、街道の茶店紅亭に急いだ。同心が挟箱持だけでなく、門前町を六尺棒に白だすき、白はちまきの捕方三人を随え足を急がせているのだから、

「えぇっ」

「なんなんだ！」

参詣人たちが慌てて道を開け、騒ぎはどこかとキョロキョロする者もいる。

加勢充次郎は中間二人を随え、入れ込みの席で待っていた。一人は岩太だ。土間に片膝をついたまま、ピョコリと辞儀をするのへ、

「ふむ」

龍之助は頷きを返した。

「おゝ、やはりこちらでござったか」

加勢は腰を上げ、

「ちょいと近くまで所用で来たものじゃで、おぬしもこちらかと思うてのう。それにしても、もののものしゅうござるのう」

それらしい出で立ちの捕方を三人も引き連れているのだ。

「時節がら、見まわりでございましてなあ。昨日のようなことがあっては、困りますでなあ」

「そうであろう、そうであろう。それがしもまったく通り合わせたものゆえ、ついでと言っちゃなんだが、ちょいと気になってのう」

皮肉のつもりで言った龍之助へ、加勢は乗り、用件を口にした。

中間や捕方、茂市を入れ込みに待たせ、座を奥の部屋に移した。岩太らのためでもあるのだ。そうでないと、岩太らはいつまでも土間に片膝をついていなければならないのだ。

加勢は二人になってからも、きのうはまったくの〝通り合わせ〟だったことを強調し、

「ついでがあって奉行所に問い合わせてみたのじゃが、街道では何事もなかったと……」

気になるのであろう。せっかく確保した沼津の百姓代が、事の成就《じょうじゅ》直前で狂いが生じ、いずこかへ消えてしまったのだ。

「いやあ、些細なことであったゆえ……」

龍之助は水野家の江口惣太夫に話したのとおなじことを述べると、果たして加勢もおなじように安堵の表情を浮かべ、

「そこもとへの頼みは前に申したとおりじゃが、きのうのようなことがあれば、それもただちにそれがしにお知らせ願いたいのじゃ。このご時勢。わが殿も将軍家のお膝元が乱れるのを心配しておられてのう。家臣として、わしも心配しておるのじゃ」

「それは痛み入る。奉行所もここ数日、とくに警戒を厳にいたしておりましてなあ。分かりもうした。お知らせもうそう」

話はそれだけだった。

お甲があとを尾けた。

帰ってきたのは陽が大きくかたむいた時分だった。茶店の紅亭で報告した。

「やはり水野とおなじですよ。品川宿まで随所に人を配し、それの見まわりでござん

した」

　その日、龍之助への来客は水野家の江口惣太夫と松平家の加勢充次郎だけでなかった。

「やはりこちらでございましたか」

と、夕刻近く茶店紅亭に訪《おとな》いを入れたのは甲州屋右左次郎《うさじろう》だった。丁稚をともなっていない。

「ふふふ、鬼頭さま。お顔が広うございますね」

　奥の部屋で愉快そうに言う。

　左源太も同席していた。

「きのう、金杉橋向こうの水野さまのご家中がお見えになり、一件だけなんでもよいから贈答の品を用意しろとご注文になり、水野さまは沼津でございますから折櫃《おりびつ》に干《ほし》鮑《あわび》を詰めましたものを用意いたしましたところ、きょう取りに来られ、ちょうどよいと喜んでいただきました。で、どちらへと訊きますと、それがなんと八丁堀の鬼頭龍之助さまでございまして……」

　水野家の用人は店先で品を受け取っただけでなく奥の部屋を貸してくれと言い、それから中間に持たせて出かけたという。

「番頭が熨斗紙《のしがみ》を巻いたとき、折櫃が重くなっていたと申しますから……」

折櫃の底に小判を忍ばせたことになる。

「それでご用人さまは、最近、鬼頭さまに役中頼みをした大名家はないかとお訊きになりますので、手前どもでは受けておりませぬと答えておきました。いま鬼頭さまが手がけておられることで、なにかお役に立てばとお知らせに参ったしだいでございます」

貴重な知らせだ。水野家は、松平家の動きに細心の注意を払っている。用人の年格好を聞けば、江口惣太夫とは別の者のようだ。探索とその根まわしとでは担当が違うのであろう。

帰りしな甲州屋右左次郎は、

「中味の干鮑も箱の折櫃も、のちほど手前どもで引き取らせていただきますので」

ニヤリとして見せた。

八丁堀の組屋敷に帰ると、果たして下女である茂市の老妻ウメが、

「旦那さま！　松平さまにつづき、またお大名家から……」

甲州屋右左次郎の言ったとおりの品が届いていた。ウメも熨斗をかけられた箱を持てば、その重さから中になにが入っているか分かる。

「受けておけ」

龍之助は言った。返せばかえって角が立ち、進めている策も円滑に進まなくなる。

「茂市、あした出かけたとき、甲州屋に立ち寄るぞ」

「へえ」

茂市は返した。

六

二日が過ぎた。

「てえしたもんですぜ、久兵衛の父《とっ》つぁん。もみじ屋から一歩も出ず、凝《じ》っとしていなさる」

伊三次が言えば、もみじ屋の女将《おかみ》も言っているらしい。

「――米をといだり菜切りを手伝ってくれて、そのたびに泣いてなさる。村の者に、これを食べさせたい……と」

久兵衛はおとなしくしているが、心中は焦り、逸《はや》っていることだろう。

左源太も粋なことをするものである。占い信兵衛をきのう、帰りにもみじ屋へ連れ

て行って久兵衛に引き合わせ、

「――うーむ、明るい。いまは不安定じゃが、そなたの周辺には明るい光が見える」

言わせたのだ。

この日、皐月十六日である。夕刻近く、茶店紅亭の奥の部屋で、龍之助は左源太、伊三次と膝を突き合わせていた。龍之助は用心のため、最初に久兵衛と話した以外、もみじ屋には立ち寄っていない。松平や水野の目がどこに光っているか分からない。

街道にはそれと分かる者が、まだ〝水も洩らさぬ〟態勢を解いていないのだ。

「あんな信兵衛の占いでも嬉しいんでしょうかねえ。久兵衛の父《とっ》つぁん、信兵衛の手を取って〝ほんとうか！〟などと、感極まった面《つら》をしてやしたぜ」

「それでいいんだ。占いってのはなあ、そういうためにあるもんだ」

左源太が言ったのへ、龍之助は応えた。

おもての入れ込みには、茂市と捕方三人が座っている。その茂市が奥へ走り込んできた。

「旦那さま！　早馬！　街道をっ」

「なに！」

三人はおもてへ走った。

土ぼこりを上げ、すでに茶店の前を通り過ぎていた。

「危なかったぜ、撥《は》ねられたらどうするんだ」

縁台に座っていた客が呆れたように、通り過ぎた北のほうを見ていた。江戸城の方角である。

ようすを捕方たちに聞けば、

「侍が三騎、白はちまきに白だすきでした。柳営の早《はや》のようです！」

「大坂か京か、それとも尾張《おわり》か、なにかあったに違いない」

龍之助は声を低め、

「奉行所へ帰るぞ。左源太、おめえは今夜、俺の組屋敷に泊まっていけ」

街道の往来人にあらぬ刺激を与えぬよう気を配り、ゆっくりと茶店を出た。捕方たちもそれに合わせた。

「旦那。どういうことなんで」

「柳営に早が入るほどだ。大名家でも大名飛脚が駈け込んでいよう。東海道の向こうで……こりゃあ江戸は、のっぴきならぬ事態に陥《おちい》るかもしれんぞ」

歩きながら、龍之助の表情はこわ張った。

奉行所では、与力も同心も退出する時刻というのに、定廻りから戻ってきた者もそのまま留め置かれ、奉行所正門脇の同心詰所には挟箱を持った茂市ら組屋敷の下男たちで満杯になり、母屋のほうの同心溜りも徐々に人数が増えていった。

柳営の早を見たのは龍之助だけだったが、

「大名飛脚なら見たぞ」

言う者は幾人かいた。

「こりゃあ西国でなにかあったぞ」

「打ち壊しか」

話をするにも、まだ推測でしかない。

奉行所の正面門に明かりが用意され、緊張の雰囲気がただよっている。奉行の曲《まがり》淵甲斐守《ぶちかいのかみ》が柳営に出仕し、まだ戻っていないのだ。

「お奉行さまーっ、お帰りーっ」

声が聞こえたのは、宵《よい》の五ツ（およそ午後八時）であった。

さっそく与力も同心も合同で一堂に集められた。このところ、異例ずくめである。

緊張のなかに、奉行は言った。

「皐月十二日のことじゃ。大坂で一揆《いっき》が発生した」

「おぉぉお」

座には、やはりといった思いと驚愕の入り混じった呻きが響いた。

「加わりし者は百姓のみにあらず、町人も路上の鉢開《はちひら》きも無宿者も……市中全域が打ち壊しに遭い、騒然としておるという」

正確に言えば、このときすでに打ち壊しは収まっていた。江戸から海路をとった御先手組が市中に入り、流血と叫喚のなかに各個撃破で鎮圧していたのだ。打ち壊しは組織だったものではなく、バラバラに自然発生したものだった。

このあと、早の第二陣は、

――大坂にて昼夜を分かたず暴民により打ち壊された富商は百軒を越え、堺、伏見も騒擾《そうじょう》を呈し……

第三陣は、

――騒擾は京に波及せしも、大坂はほぼ正常に復し……

知らせてくることになる。

いま曲淵甲斐守が与力、同心らに沈痛な表情で語っているのは、第一陣の内容である。だが、話す者も聞く面々も、第二陣、第三陣の早馬が内濠大手御門外の評定所に駈け込むであろうことも、さらにその内容も察しがついている。池に投げた石の波紋である。それは東海道を奔《はし》った早馬のあとを、きわめて早い速度で追いかけているだろう。江戸に達し、増幅されて大波となるのはいつか、

(分からない)

分かるのはただ、

(数日のうち)

奉行は言った。

「与力、同心とも、明日より定廻りは刃引《はびき》に変えよ」

「おおぉぉ」

与力からも同心からも声が上がった。通常帯びている真剣の刀を、刃を引きつぶして斬れなくなった刀に換える。後退ではない。捕物のとき、捕方の先頭に立って突入する同心は、刃引の刀を使用する。賊を殺さず、生け捕りにするためだ。奉行より刃引使用の達しが出たことは、〝いざ捕物〟を意味する。

この日、与力も同心も半数近くが奉行所に宿直《とのい》した。そのなかに龍之助もいた。茂市は一度八丁堀の組屋敷に帰り、翌朝は早くから、挟箱を担いだ同僚の下男たちと一緒に同心詰所につめた。門外には各町の岡っ引たちがたむろし、同心の指示を待ち、あるいは打ち合わせなどをする光景が見られた。

この日から、定廻りは与力一騎に同心三人から四人が随い、そこにそれぞれの下男がつづき、六尺棒の捕方や奉行所の小者など二十人ばかりがついた。それらが江戸の町に繰り出す。そのものものしいようすにコソコソと脇道へ隠れるもの、逆に飛び出し、

「お役人さま！　護《まも》ってくだされ！　打ち壊しは押さえ込んでくだされっ」

いま騒擾が起こっているかのように叫ぶ住民もいる。上方が騒擾としている噂は、すでに江戸市中にながれているのだ。

さらに翌日、緊迫した雰囲気は高まり、老中や大目付、目付らの出仕は駕籠ではなく馬となった。水野忠友の行列はさらに速足となり、警戒も厳重となった。行方知れずとなった久兵衛を意識している。その沿道のおちこちに、松平家の手の者の姿も見られる。

龍之助は時間を工面し、神明宮石段下の割烹紅亭に左源太とお甲、大松の弥五郎と伊三次を集めた。

「騒擾はきっと起こる。またとない機会ぞ」

「わしもそう思いやした」

弥五郎は応え、左源太もお甲も伊三次も頷いた。どさくさに紛れ、久兵衛を品川宿

の向こうまで逃がすのだ。

「左源太、お甲、分銅縄と手裏剣を常に携行せよ。それに伊三次も、松平や水野の侍と遭遇すれば、少々手荒に立ち向かってもよい。騒げばたちまち人が群れて大騒動となる。そのほうが逃がしやすい。だから裏道を通るのではなく、街道筋を堂々と抜けるのだ」

さらに言った。

「弥五郎」

「へい」

若い衆を総動員し、浜松町から神明町、宇田川町まで、どの商家にも決して打ち壊しはかけさせるな。手に負えなくなれば、俺が他所にいても手勢を引き連れすぐに駈けつけるから」

「へへ。心強いですぜ。体を張りまさあ」

弥五郎は胸を張った。

さらに一日が過ぎた。

緊迫の度合は増す。

定廻りは奉行所が担当し、柳営は老中が中心となり、弓、槍、鉄砲の各御先手組はもちろん江戸城清掃の黒鍬組《くろくわぐみ》、それに無役の小普請組《こぶしんぐみ》まで動員態勢をととのえさせ、いざという事態に備えた。

「なにやらぼろをまとった者どもが、集まりかけているようす」

奉行所に一報がもたらされたのは、皐月二十日の午過《ひるす》ぎだった。江戸市中の各町に出張っている与力、同心たちの隊は、受持ちを離れることはできない。

日本橋の近くだった。奉行所の隊が通り過ぎたあと、数十人が棒切れを振りかざし大振りの米問屋に押しかけた。たちまち数百人の野次馬が集まり、それらも押しかけに加わり、破壊と略奪の打ち壊しの態《てい》となった。

逃げる者、略奪に加わる者が路上に入り乱れ、噂は市中を駈けめぐった。御先手組五十人ほどが駈けつけた。打ち壊しの群れは算を乱して逃げる。他所でまた打ち壊しが始まる。御先手組に奉行所の定廻り組が駈けつける。略奪の衆は逃げる。それらが繰り返されるなかに夕刻を迎えた。もちろんその夜の警戒は厳重をきわめ、要所々々には篝火《かがりび》が焚《た》かれ火消したちが不寝《ねず》の番についた。

七

明けて二十一日、街道は人のながれがいつもより少ない。

陽が昇ってから間もなくだった。沿道のどの商舗も、雨戸を開けようかどうか街道のようすを窺《うかが》っている。浜松町の街道を大八車がおそるおそる通り、神明町にさしかかった。枝道から不意に出てきた十人ほどの群れが襲いかかった。悲鳴を聞き、大松の若い衆が十数人、棍棒を手に走った。

「野郎！　許さねえぞ！」

暴民に襲いかかる。大八車の人足に、

「さ、早く行きなせえ」

沿道の者が恐れるように見守るなか、場を離れるよう誘導する。

通りかかった荷馬三頭が神明町で立ち往生した。茶店紅亭は雨戸を閉めたままだ。往来の数人が襲いかかる気配を見せた。すぐに大松の若い衆が走り、怪しげな素振りの数人を、周囲の支援の目を背景に、

「野郎、ふざけるんじゃねえぞ」

威嚇《いかく》し、

「こっちへ！」

荷馬人足たちを脇道へいざなう。沿道の者はホッとした表情になる。

平野与力が指揮する一隊が駆けつけたとき、騒ぎは収まっていた。そのなかに股引《ももひき》に足袋跣《たびはだし》で着物は尻端折に、白はちまきに白たすきで出役《しゅつやく》用の長尺《ながしゃく》十手を手にした龍之助の姿もあった。六尺棒の捕方を十人ほど従えている。

「ご苦労さまにございます」

路上で喧嘩支度の若い衆を引き連れ、挨拶に立ったのは弥五郎だった。

「平野さま、この者に指示を与えておきます。さ、お先へ。すぐ追いつきます」

龍之助は馬上の平野与力に告げ、弥五郎の肩を紅亭の脇に押した。占い信兵衛は出ていない。

「いま、江戸中がこの状態だ。騒ぎは大きくなる。用意はいいか！　いますぐだ、ついて来い」

「へい」

平野与力の一隊はすでに金杉橋のほうへ遠ざかっている。機動力が必要なため、茂市ら下男の一行は加わっていない。龍之助は十手をかざしてあとを追い、弥五郎は路地に走った。もみじ屋だ。すぐに出てきた。左源太に伊三次、お甲が一緒だ。それらに頬かむりの久兵衛が挟まれ走っている。

街道は平野与力の一隊が走り去ったばかりだ。沿道の者が野次馬となりあとを追っている。そこに振り返りながら龍之助も走っている。左源太らの一行が目に入った。走っている。普段なら目立つだろう。だがいまは周囲も走っているのだ。お甲が裾《すそ》を乱しふくらはぎをむき出しにしていても奇異ではない。逆にそれを見て、

「あたしも！」

一緒に走り出す女もいる。

平野与力の一隊は金杉橋を走り渡った。たもとで武士が三人、立ちどまって見つめていた。龍之助は足を速め、

「おぉお、江口どの！」

声を出した。背後には久兵衛を囲んだ左源太らが走っている。

「おぉ、鬼頭どの。その格好は！」

「状況を説明しもうす」

走り寄るなり三人の武士を新堀川に沿った枝道へ追い込むように手を広げた。長尺十手が光っている。江口ら三人は後退し、視線を龍之助に集中した。

「いま街道のあちこちに不穏な空気があり、われらも右往左往してござる。巻き込まれ召すな」

「むろん。ただ、先日申した者、出てはおらぬかと」

「それがしも注意しておりもうす。ご安堵を」

左源太らの一行は通り過ぎた。

「お頼みしたぞ」

江口惣太夫の声を背に、

「心得もうした」

龍之助はあとを追った。久兵衛の一行は野次馬たちのなかに紛れ込んでいる。龍之助も走りながらしばし見失ったほどだ。

追いついた。

「もっと速く走れ。前の一隊のすぐうしろが一番安全だ！」

「へい」

左源太と伊三次、久兵衛は足を速めた。沿道の目は野次馬より役人の一隊に向けられる。松平家や水野家の手の者が出張っていても、そうしているはずだ。野次馬のなかに久兵衛が混じっているなど、想像もしないだろう。

伊三次と久兵衛は尻端折で左源太はいつもの股引に半纏《はんてん》の職人姿だ。着物の裾を腰まで端折れないお甲は遅れはじめた。

「ちょうどよい。気づいた者がおらぬか見ながらついてこい」

「は、はい」

龍之助はお甲を追い越した。

東海道の高輪《たかなわ》あたりで運送業者の荷が襲われたとの知らせが入り、近くを巡回していた他の与力差配の一隊と黒鍬組が現場に走り、平野与力の隊はその応援に駈けつける途中だったのだ。というよりも、急ぎ走る奉行所の一隊を沿道に見せ、不穏な者を威嚇すると同時に住民に安堵感を与え、高輪の騒動が街道沿いに府内へ伝播するのを防ぐ意味のほうが強い。

だが奉行所の隊が走ることによって、逆に往還へ飛び出してくる者も多い。その群れが、龍之助の言う〝好機〟なのだ。松平家や水野家の者が出張っていても、そのなかに久兵衛を見つけるのは困難だろう。たとえ見つけ手を出そうとしても、すぐさま龍之助が捕方を差配して立ち向かうだろう。この非常時に大名家の者が町方と小競り合いを起こせば、あとでただでは済まなくなる。さらにそれが老中や松平家の手の者であったならなおさらである。いずれの家士らも、そのあたりの分別は心得ている。

往還の者は騎馬の与力が率いる一隊を見て慌てて道を開ける。さらに人がつづく。隊が高輪に近づいたころ、騒ぎは鎮《しず》まっていた。捕方の一人が知らせに駈け戻り、平野与力は田町のあたりで、

「このあたりでよかろう。引き返すぞ。ゆっくりとだ」

悠然と引き返す奉行所の一隊を見て、諸人《もろびと》は騒ぎの収まったことを感じ取る。それが大事なのだ。

「平野さま。それがしが高輪まで走り、確認してまいります」

「ふむ。頼むぞ」

追いついていた龍之助が言ったのへ、平野は馬上から応じた。

野次馬たちに混じった左源太らは街道をさらに前へ出た。それを龍之助は追う。そのあとにお甲がつづいている。街道の人や大八車、荷馬のながれに落ち着きがない。沿道の商舗《みせ》はことごとく雨戸を閉めている。

「龍之助さま」

うしろから声をかけたのはお甲だった。

「おう。どうであった」

「それらしい侍はいましたが、いずれも気づくことなく……」

「ふむ。それはよかった」

二人は肩をならべ、高輪に入った。黒鍬組の者が広い範囲に三人、四人と絞《しぼ》り袴《ばかま》に白はちまき、白たすきの姿で点在し、警戒に当たっている。龍之助の姿を見ると、

「ご苦労さまでございます」

「ふむ。ご苦労」

龍之助は返す。

騒動のあったのは泉岳寺のすぐ近くで、茶店や飯屋の雨戸が壊され、中は器物が散乱していた。土地の貸元が不穏な者どもへの対応を失策《しくじ》ったのであろう。騒ぎがすべて収まったあと、この町の貸元の顔ぶれは変わるかもしれない。

検証にあたっている奉行所の同僚と龍之助は言葉を交わし、お甲に、

「俺はここで引き返す。あとは頼んだぞ」

「あい」

お甲は左源太らのあとを追った。もう品川宿は近い。

旅籠は雨戸を開けていたが、角々に宿《しゅく》の貸元の若い衆が宿場役人たちと立ち、警戒にあたっている。太陽はもう中天近くにさしかかっている。

「お甲。ここだ、ここだ」

往還に面した旅籠の二階から声をかけたのは左源太だった。お甲はホッとした思いになった。神明町からほとんど走りづめだったのだ。

夕刻を迎えた。龍之助は平野与力に進言し、神明町の茶店紅亭を奉行所の詰所に指定し、近辺の自身番をその差配の下に置いた。紅亭のおもてには奉行所の高張提灯《たかはりちょうちん》が二灯立てられた。同心で宿直《とのい》するのは、もちろん龍之助と、捕方数名と大松の若い衆たちである。茶店の厨房では本格的な食事はまかないきれない。宇田川町の甲州屋などが率先して食糧や蒲団などを届けた。

若い衆が、暗くなり人影の絶えた往還へときおり出て、

「まだ帰《けえ》ってめえりやせん」

龍之助に報告する。伊三次らの帰りを待っているのだ。

「おっ、帰ってめえりやした」

若い衆が奥の部屋に飛び込んだのは、町々の木戸が閉まって一安堵できる夜四ツ（およそ午後十時）ごろだった。

一行は品川宿の旅籠で休息しながら松平家や水野家の手の者が出張っていないか偵察し、また久兵衛に旅支度をととのえさせ、午《ひる》ごろ旅籠を出て、

「へい。川崎宿の手前、六郷川《ろくごうがわ》の渡しまで行きやした」

伊三次が言い、

「せっかく用意した分銅縄もお甲の物騒なものも、使う機会はありやせんでした」

左源太が残念そうにつづけた。だが、六郷川の渡し場にはかなりの侍が、

「出ておりやした」

西国の大名家の家臣たちであろう。いま奥の部屋にいるのは、龍之助と左源太に伊三次、それにお甲の四人だけである。

領民が騒動に紛れ江戸へ入って来ないか見張っているのは、水野家だけではないようだ。いずれも江戸へ向かう旅人にのみ注意を払い、出ようとする者には、

「まったく関心がないようでした。念のためあたしが一緒に舟に乗り、川崎宿まで見送ってきました」

お甲が言う。そのお甲が戻ってくるのを六郷の渡しで待ち、それで帰るのが遅くなったようだ。

さらに一夜が明け、江戸府内での騒動は収まらなかった。柳営が老中、大目付、目付らの連署で、奉行所や御先手組、黒鍬組、さらに各藩に狼藉者への〝切捨て御免〟の沙汰を出したのは、この日の午《ひる》ごろであった。

平野与力や龍之助ら奉行所の与力、同心らは、曲淵甲斐守の達しで刃引はそのままだったが、捕方の六尺棒は突棒《つくぼう》や刺股《さすまた》に変わった。日ごろから町の住人と接している同心たちは、奉行の達しを喜んだ。だが、御先手組によって〝切捨て御免〟は実際におこなわれた。

強硬策が功を奏したか、打ち壊しが下火になり、江戸の治安が回復されたのは二十三日になってからだった。大松の若い衆が警戒を解き、茶店紅亭から奉行所の高張提灯がなくなり通常の商いに戻ったのは、その翌日からである。

この間、茶店紅亭に、

「ご苦労でござる。して、例の者、見かけなかったでござろうか」

問いを入れてきたのは水野家の江口惣太夫だけではなく、松平家の加勢充次郎も中間の岩太をともなって来た。いずれも打ち壊しが下火になった昨日のことである。その前日に久兵衛が江戸を離れたのを、まったく気づいていないことになる。

「気をつけておったのでござるが、なにせ目まぐるしかったもので……」

龍之助は応えていた。

大松一家の者が警戒を解いた日の夜である。

「いやあ、おもしろうござんした」

「いえ。こちらはヒヤヒヤものでしたよ」

石段下の割烹紅亭に大松の弥五郎と伊三次、龍之助と左源太、お甲、それに甲州屋右左次郎の顔がそろっていた。弥五郎が言ったのへ、右左次郎はつないだ。宇田川町も一時は危険な状況となったのだ。大松一家の若い衆と龍之助の率いる捕方が駈けつけ、難《まぬが》は免れた。

「久兵衛さん、いまごろどのあたりかしら。川崎宿で何度も何度も振り返り、頭をさげていました」

お甲が言った。江戸から沼津まで、通常の足で三日の旅程である。明日には着くことになろう。

沼津からだという飛脚がもみじ屋に駈け込んだのは、それから五日ほどを経てからだった。文《ふみ》に差出人の名も宛名もない。ただ〝沼津より〟とあるだけだった。

「――わしらはおめえさんの名を忘れる。おめえさんもわしらの名を忘れるのだ」

騒擾の街道へ久兵衛を送り出すとき、弥五郎は言ったのだ。久兵衛はそれを守っている。文面も短かった。

――無事、帰りました。ただただ泣きました。秋を待ちます左源太とお甲が、首尾を田沼意次に伝えるため蠣殻町を訪れたのは、あと数日で月が夏も盛りの水無月《みなづき》（六月）に変わろうという日だった。

「——龍之助、そなたが直接これへ参るはひかえよ」

意次は言っているのだ。

田沼家裏庭に片膝をつくのは、左源太もお甲も最初は緊張したものだったが、いまではもう心ノ臓の動悸もそれほどではない。

「いかがいたした」

縁側に座った意次に、二人はかわるがわる話した。

「ほう、それはよいことをした。したが、松平の水野への譴責《けんせき》はつづこうなあ」

意次はしんみりと言った。

八丁堀の組屋敷で、

「お殿さまさあ。顔をほころばせておいででございやしたが、なんというか、その、寂しそうな」

「それに、また一段とお老《ふ》けあそばしたような……」

左源太の言をお甲がつないだ。

「で、あったか」

龍之助はかすかに頷きを入れた。

三　占い信兵衛

一

一息ついている。

北町奉行所の同心溜《だま》りだ。

一揆にも似た打ち壊しが四日間にもわたって吹き荒れたあとだ。奉行所のなかでホッとした吐息が数日にわたっても不思議はない。とはいっても、打ち壊しに紛れて押し込んだ商家から、米ではなく金銭を強奪した者もいたようだ。それの探索もしなければならないのだが、調べが困難なうえ、

「そんなの、無理でございますよ」

と、各町の自身番も、これには非協力的であった。ただでさえ壊された橋の欄干や

天水桶などの修復に、出費が重なっているのだ。

「そりゃあ、旦那。難しい相談でさあ」

大松の弥五郎も龍之助に言っていた。

奉行所の同心が一貫して刃引《はびき》の刀を使用したことで、江戸庶民の奉行所役人への印象はよく、普段は無頼で堅気《かたぎ》の衆からは忌み嫌われていた貸元たちも、組織的に町を防御したことで株を上げていた。

そのなかで鬼頭龍之助《きとうたつのすけ》は、

「ほう。室町の乾物屋といえば浜野屋でござったなあ。あの一帯は最初に襲われた日本橋に近いため、とくに警戒を厳にしたから町が荒らされることはありませんでしたなあ」

日本橋、室町界隈を定廻りの範囲にしている同僚から聞き、安堵していた。室町の乾物問屋・浜野屋は、亡き母・多岐《たき》の実家である。龍之助は蠣殻町《かきがらちょう》の田沼家下屋敷と同様、直接足を運ばないよう気をつけているのだ。

月が水無月《みなづき》（六月）に変わって数日を経たころだった。着流し御免の黒羽織に雪駄で地面に音をたて、一文字笠の茂市を随《したが》え、宇田川町から神明町、浜松町と街道筋を巡回していた。

「これは鬼頭さま、ご苦労さまにございます」

「お寄りになってお茶でも」

行くさきざきで商家のあるじや番頭から声をかけられる。足袋跳《たびはだし》で白だすきで長尺十手を振り上げ、捕方を率い街道を右に左にと奔《はし》っていたのはつい先日のことだ。その範囲に騒ぎは起こらなかった。兆候はいくつもあったがすべて事前に防いでいる。

「大松の親分と同心の旦那、うまく息を合わせてくだすった」

奉行所と裏社会の連繋だから大きな声では言えないが、この界隈の住人なら多くが知っている。それによって兆候はすべて押さえ込むことができたのだ。大松一家の株も大いに上がり、茶店紅亭に奉行所の高張提灯が掲げられていたときには、右左次郎《うさじろう》の甲州屋だけでなく、連日界隈の商家が競うように握り飯やお茶を差し入れ、近所のおかみさん連中が幾人も給仕の手伝いに来たものだった。

そのときとは異なり、いまはゆっくりとした歩調である。金杉橋の下駄や大八車の音が聞こえてきた。まだ太陽は東の空にあり、さきほど街道で、

「寄れーっ、寄れーっ」

声を聞き、近くの軒端《のきば》に寄って用心深く周囲に目を配った。以前のように直訴を警

戒する供先《ともさき》の姿はなく、平常と変わりのない速足の行列だった。なるほど、国おもてから百姓代の久兵衛が戻って来たとの連絡があったのだろう。この知らせは水野家にとって、打ち壊しを知らせる早馬より大事なものとなったことだろう。

（久兵衛が藩で処断されていなければよいが）

そこが龍之助には気がかりだった。

「おうおう、助かるぜ。老中さんの行列はよう」

通り過ぎ、街道が普段の動きに戻ろうとしたとき、皮肉を込めた声が聞こえた。周囲は一瞬、緊張した。奉行所の役人がすぐそこにいるのだ。

「あはは。まったくだなあ」

龍之助は軒端《のきば》を離れながら声に返した。

「鬼頭さまだ」

「よかったぁ」

声が聞かれた。

金杉橋を越え、芝から田町の街道筋もまわろうとしたときだった。

「だんなー」

橋板に大きな足音をたて、左源太が追いかけてきた。

「さっきの行列で、立ち往生してしまってよー」

大きな声で言いながら追いつき、

「街道の紅亭にお客人ですぜ」

「いずれの？」

「松平の大番頭《おおばんがしら》でさ」

立ち話だ。ここだけ左源太は声を低めた。客人は加勢充次郎《かせみつじろう》だ。

（久兵衛のこと、それとも俺の……）

龍之助の脳裡に走った。

小半刻（およそ三十分）ほどまえ、龍之助が茂市をともなって茶店紅亭の前を金杉橋のほうへ歩いて行ったのを、茶汲み女は見ている。だが、行く先は知らない。加勢が来たとき、茶汲み女は左源太の長屋に走り、それで左源太が見当をつけ、

「ともかく見つかってよござんした。相手が相手なもんでやすから、なにか重大なことでもと思い」

追いかけてきたのだった。

「ふむ。よく来てくれた。茂市、引き返すぞ」

「へえ」

龍之助はきびすを返し、走りかけたのへ茂市もつづこうとした。街道には往来人に大八車、荷馬、町駕籠が絶え間なくながれている。あたりに緊張が走った。打ち壊しの騒擾が収まったばかりだ。同心がふたたび走り出したのでは、

「またなにか!」

周囲がハッとするのも無理はない。

(いかん)

龍之助はすぐに気づき、

「左源太。おめえ、さきに帰ってお客人に、俺がすぐ戻るからと伝えておいてくれ」

「へい、よござんす」

左源太も悟ったか、職人が一人、走っていても緊張する者はいない。その背を見送り、龍之助はふたたび雪駄の足を地面に小気味よく鳴らしはじめた。だが心中は、

(加勢どのはいずれの用にて……)

気になる。だからいっそう、歩をゆるめた。

「あっ、鬼頭さま」

往還に出した縁台に左源太と岩太が座っていた。お供の中間《ちゅうげん》は岩太だった。立ち

上がってピョコリと辞儀をする。

「奥でお待ちになってまさあ」

左源太が気を利かせ、茶店に奥の部屋を用意させたようだ。それまで岩太は、縁台に座っている加勢の横で、凝《じ》っと地面に片膝をついていたのだ。

「おう、左源太。気が利くぜ」

言いながら龍之助は奥へ入った。

「左源太さん、いい旦那に仕えてなさるなあ」

「そりゃあおめえ、町方だからよう」

言う岩太に、左源太は応《こた》えていた。

奥の部屋で、

「お待たせいたした。恐縮でござる。して、なにか急な事態でも……」

言いながら龍之助は腰を下ろし、

「さきほど金杉橋を往復して来もうした。水野さまの行列と出会いましてな。なんの騒ぎもなく、緊迫した空気もござらなんだ」

先手を打つように話したのは、加勢の反応を看《み》るためである。

「あゝ、あのことでござるか。もうそれは忘れてくだされ」

加勢は反応を示した。それが用件ではなかったようだ。ということは、松平屋敷は水野家の行列に直訴をけしかける策を、

(断念した)

ことになる。なんらかの方法で松平屋敷は、久兵衛が江戸を離れたことを知ったのであろう。水野屋敷に、内通者がいるのかもしれない。

「ほう、ならばご用向きは。そうそう、田沼さまの〝隠し子〟の件でござったな。それがし気をつけておりもうすが、なにぶんこれまで、ほれ、お江戸騒擾に翻弄《ほんろう》され、手がまわりませなんだ。許されよ」

「あれには奉行所のかたがた、ご苦労でござった。それも収まったいま、ついては貴殿がさきほど申された、その件でござる。気になる噂を聞きましてな」

「ほう。なにか尻尾《しっぽ》でもつかまれましたか」

皮肉っぽく言ったのは、

(室町の浜野屋をつきとめたか)

内心、ドキリとしたのを隠すためだった。

加勢はつづけた。

「尻尾になるかどうか、まだ分からぬ。したが、それらしき疑いがありましてな」

「いかような」

一膝前に出かかったのを、龍之助は押さえた。

「その者、〝高貴の出〟を吹聴《ふいちよう》しているとのこと」

「高貴とは……田沼さまのことで？」

「それが分からぬ。ゆえに、それを調べていただきたい」

龍之助は安堵した。浜野屋ではないようだ。

「詳しく話されよ」

「その者、修験者にて従者を二人ほど率い、なにやらの勧進《かんじん》をしておるそうな。それも天の声を聞き下界にそれを伝えておるとか」

「天の声？　騙《かた》りではござらぬのか。それとも、凝《こ》ったかたちの占い師であろうか」

「分からぬ。それを貴殿に確かめてもらいたいのじゃ」

十両もの役中頼みをしているものだから、遠慮のない言い方をする。

「つまり、その〝高貴〟というのが誰であるか、つきとめよ……と」

「さよう」

「その〝高貴の出〟なる修験者、いずれで勧進をしておりますのか」

勧進とは社寺や仏像の建立や修繕のため、喜捨《きしや》（寄付）を求めることだが、もし騙りなら寺社奉行よりも町奉行所の管掌《かんしょう》となる。

「分からぬ。きのう日本橋と思えばきょうは四ツ谷といった具合で、一定の場所はないそうでの。わが屋敷の足軽が聞き込んでまいったのじゃ。これはやはり町家のことなれば、貴殿にお願いしたほうが確実であろうと思いましてな」

「よろしい。お引き受けもうす。正体をつきとめればよいのでござるな」

「いかにも」

「では、なにか分かれば屋敷のほうへ」

用件はそこまでだった。満足そうに腰を上げた加勢を、龍之助は外まで見送った。

そこに龍之助は胡散臭《うさんくさ》さを覚えた。詐欺……町奉行所の仕事である。だから龍之助は〝引き受ける〟と言ったのだ。それにしても、

（〝天の声〟などと）

（松平屋敷はなんと過敏なことよ）

思えてくる。

加勢充次郎と挟箱を担いだ岩太のうしろ姿が往来のなかに消えると、

「なんの話でござんした。それよりも旦那、岩太が言っておりやしたが、このところ松平の屋敷、けっこう活気づいているらしいですぜ」

左源太が悔しそうに言う。それは龍之助も、甲州屋右左次郎から聞いている。

「──騒動が収まって以来、急に松平さまへの贈答が増えました。柳営では、いよいよのようですなあ」

献残屋の話は、最も現実を反映している。その分、水野忠友は針の莚《むしろ》ということになろうか。田沼意次に手のひらを返した人物だが、いまだ老中職にしがみついている姿が憐れにも思えてくる。

それよりも〝天の声〟の件である。

「左源太」

「へい」

「ちょいと信兵衛に占ってもらおう。ここへ、そうだ奥の部屋だ。昼めしを喰わせてやろう。呼んでこい」

「えぇえ!?」

驚いたような声を上げ、左源太は信兵衛を呼びに行った。神明町の通りに入ったすぐそこで開業しているのだ。

龍之助はつい含み笑いを洩らした。

(同業者だ)

訊《き》けばなにか分かることがあるかもしれない。

二

「えへへ、旦那。ありがたいですぜ。ここへ座るなんざ初めてでさあ」

占い信兵衛は上機嫌に、若々しい声で言った。毎日茶店の軒端を借り、茶汲み女がときおり余り物の団子や餅《もち》などを、

「食べなさいな」

と、お茶を添えて持ってきてくれるが、客のように中へ入って畳に座るのは実際初めてなのだ。そうした差し入れのときには、

「痛み入りもうす」

と、白髭をそっとなで、年寄りじみた皺《しわ》枯《が》れた声で言い、ゆっくりとした所作で頭を下げていた。

左源太は勢いよく胡坐《あぐら》を組んだものの、まだ怪訝《けげん》そうな顔をしている。龍之助と加勢充次郎が話し合っていたときは縁台のほうで、内容はまだ聞いていないのだ。茶汲み女が餅や団子にお茶と香の物を添えて持ってくる前である。

「いってえ、なんなんですかい。こんなつけ髭にかつら頭の父つぁんに昼をおごるなんざ……」

「へへ、左源よ。俺はおめえみてえに岡っ引の手札《てふだ》はもらっちゃいねえが、けっこう旦那の目となり耳となってんだぜ。ねえ」

「さよう」

龍之助は信兵衛が若い地声で言ったのへ肯是《こうぜ》の頷きを返した。

「へえ、そうなんかねえ。そこの角っこにじっと座ってるだけのようだが」

「へへ。一カ所でじーっと往来人を看《み》ていると、自然その他人《ひと》の仕事や性格まで分かってくるもんだぜ」

話しているところへ、

「お待たせしました」

茶汲み女が二人がかりで盆を運んできた。

「ふむ。きょうは部屋の中にて、痛み入りもうす」

信兵衛は営業用の年寄りじみた声になり、所作もそれにふさわしくなった。毎日顔を会わせていても、茶店紅亭の老爺《おやじ》も茶汲み女たちも、信兵衛を相応の年行《としゆ》きの老人と思っているのだ。

「左源太さんもごゆっくり」

愛想よく茶汲み女たちは外から板戸を閉めた。

「となりの部屋には客が入っておらん。さあ、くつろいでくれ」

「へえ。ごちになりやす」

言った龍之助に、ふたたび信兵衛は左源太とおなじ若い口調になった。左源太が龍之助の肝煎《きもいり》で神明町の路地裏の棟割《むねわり》長屋に住みついたとき、信兵衛を〝爺《じっ》つぁん〟と呼んでいたものだが、白髪を混ぜたかつらとつけ髭を知ってからは、

「――父《とっ》つぁんどころか、兄《あん》ちゃんと呼びたいくらいだぜ」

言っていた。そのカラクリを知っているのは、おなじ長屋の住人をのぞいては龍之助と大松の身内の者のみである。それらの面々は、信兵衛の〝営業上の必要〟を心得ているから、他に洩らしたりはしない。それもおなじ長屋に、また町内に住む者たちの仁義である。

「実はな、なにやら〝高貴の出〟を名乗っている、おめえの同業を知らねえかい」

「ほっ、兄イ。そういうことだったのかい、あの侍が兄イを訪ねてきたのは」

〝高貴の出〟で、左源太は話の内容を悟ったようだ。極秘に類することだから、呼び方もつい内輪の〝兄イ〟と出てしまう。

そのあたりの事情は、信兵衛には分からない。だが、

「ふむ、あのことかなあ」

「知ってるのか」

「いるのかい、そんなの」

心あたりがあるようだ。龍之助と左源太は信兵衛のつくられた老顔を凝視した。

「へん。あんなのだったら、俺だってできますぜ」

「どういうことだ。詳しく話せ」

「へえ、声色《こわいろ》を変えるんでさあ。こういう具合に、口を動かさずにで」

本来の若々しい声で言った信兵衛は、胡坐のまま背筋を伸ばして威儀を正し、

「そのほうら、これより天の声を聞かせようぞ」

営業用の老人じみた声を出すと、

「えぇ！　天の声でございますか」

さらに女とも男ともつかぬ甲高《かんだか》い声を出した。両方とも口を動かさず、しかし注意していると、喉仏の動いているのが分かる。部屋の外で茶汲み女が聞いていたなら、

（あら、いつの間に新しいお客さんが？）

思うかもしれない。それほどまったく別人の声に聞こえるのだ。

「へぇえ、父つぁん。そんな器用なまねもできるんだ。知らなかったぜ」

「つまり、腹話術ってことだな。で、そいつを知っているのか。話に聞きゃあ、修験者で従者か下僕か知らねえが、そんなのを二人ほど従えていると聞くが」

「ほお、さようですかい」

「さようですかいって、父つぁん。おめえ知ってるんじゃねえのかい」

「いや。数日前、あっしが占ったお客から聞いたのさ」

「なぁんでぇ」

「それでもいい。詳しく話せ」

「へえ」

話したのは、下総《しもうさ》の葛西郡《かさいぐん》でかなりの田畑を持っている大百姓だという。

「――飢饉はもう終わりじゃ。あんたの明日は明るい」

と、信兵衛はその客に占いを立てた。もちろん根拠は龍之助から得た知識である。

その大百姓はよろこび、

「――今年こそ米が実るようにと、つい先日、深川の富岡八幡宮にお参りしましたのじゃ。すると〝天の声〟を聞くという修験者がおりましてな。田の具合を見立ててもらいましたのじゃ。修験者さまの問いかけに、確かに聞こえましたじゃ。信ぜよ、ならば田は実らん……と。それでお祓《はら》いをしてもらい、修験者さまに御札《おふだ》をさずけてもらいましてなあ。それでここの神明宮さまにもお参りし、あなたさまに占ってもらうと、やはり〝明るい〟と出ましたじゃ。こりゃあきっとほんとうでございましょう。あゝ、よかった、よかった。これでわしの村も救われますじゃ」

修験者は天に向かって紙垂《しで》を振り、なにやら呪文を唱えて伺いを立て、従者が布で修験者の前に幕を張ると、そこから厳《おごそ》かな声が聞こえてきたのだという。

「幕は喉の動きを見られないようにするためと、雰囲気をつくるお膳立てか」

「そうでがしょう。だから、あっしにもできるって言ったんでさあ。もちろん、そのお客には言いやせんでしたがね。バカバカしいインチキでも、同業者の仁義ってのがありまさあ」

「あはは、そいつはおもしれえ。父つぁんのつけ髭の上手《うわて》を行ってやがるぜ、その修験者って野郎よ。どうだい、父つぁん。俺がその幕を張る役をやってやるから、一緒に荒稼ぎしねえかい」

「こら、左源太。ふざけたことを言うな」

「へへ、冗談でさあ。で、兄イ、じゃねえ、旦那ア。どうしやす」

「それよ。どうやら寺社奉行ではなく、町方の扱う部類のようだな」

「そんなのがこの神明さんの前に来て商売はじめやがったら、仁義もクソもありやすかい。そんときゃああっしが化けの皮を剝いでやらあ。そのときゃあ旦那、その十手で神明町だけじゃねえ、お江戸から所払いにしてやってくだせえ」

「ふむ」

信兵衛が男気を示したのへ、龍之助が肯是《こうぜ》するように頷くと、

「ほっ、そう来なくっちゃ」

左源太はもうその気になったように、

「その修験者、找《さが》しやしょう。あっしがちょいと深川まで行ってきやしょうかい」

「よし。いまからすぐだ」

龍之助は応じた。葛西郡の大百姓は、お祓いや御札にかなりの額を包んだことであろう。信兵衛の話はそこまでで、外に陽はまだ高い。

龍之助と左源太は街道を北へ踏み、茂市が挟箱を担いであとにつづいている。龍之助は北町奉行所へ、左源太は深川へ向かうのだ。京橋を渡ったところで、

「では旦那さま。夕刻にまたお奉行所のほうへまいりますで」

茂市は堀割沿いに東へ折れた。八丁堀の組屋敷に戻るのだ。

街道は京橋を渡ると日本橋は十丁（およそ一粁《キロ》）ほどさきで通りの両脇は華やかになり、茶店も往還に出した縁台に赤い毛氈《もうせん》などを敷いている。当然、神明町の茶店ではお茶一杯に五文ほど取っているのが、この界隈になれば十文近くか店によってはそれ以上となる。

「帰りはまた組屋敷に来い。遅くなれば泊まっていけ」

「へい。そうさせてもらいやす」

龍之助は日本橋通り南一丁目と二丁目の堺になる、商家のつらなる通りを西へ折れた。その通りをまっすぐ行けば外濠《そとぼり》呉服橋御門で、北町奉行所はその御門内を入ったところにある。

左源太は街道をそのまま進み、日本橋を渡って龍之助の母・多岐の実家である乾物商い浜野屋のある室町二丁目の角を西へ折れれば、大川（隅田川）の両国橋は近く、渡れば深川である。左源太の脳裡には、

（深川の万造《まんぞう》）

の顔が浮かんでいる。かつて新参の無頼、緑川《みどりかわ》の甚左《じんざ》と北町奉行所の与力・田嶋《たじま》重次郎《じゅうじろう》が頻繁に賭場荒らしをやり、町々の貸元一家をお縄にして江戸の裏社会を支配下に置こうとしたとき、龍之助を中心に大松の弥五郎と深川の貸元衆が組んで叩き

潰《つぶ》したことがある。そのとき深川と神明町のつなぎ役になったのが、深川の代貸・万造だった。左源太が富岡八幡宮の近くで、かつて母を甲州街道の小仏峠《こぼとけとうげ》で殺害した松平家の藩士二名を討ち果たしたとき、便宜を図り手を貸してくれたのも万造だった。爾来《じらい》、左源太や伊三次とは〝深川の兄弟《きょうでえ》、神明町の兄弟〟と呼び合っている。左源太の左腕に島帰りを示す二本の黒い入墨《いれずみ》があるのを見て、

「――苦労を重ねたお方だったのですかい」

と、いたわりの声をかけたのも深川の万造だった。

「へへ。深川の兄弟までお祓いを受けてたんじゃ洒落《しゃれ》にもならねえが」

軽い冗談を口にしながら、左源太は大八車や下駄の音が絶えない両国橋を渡った。

北町奉行所の同心溜りには、数人の同僚が書類の整理などをしていた。探索の情報交換などもしている。打ち壊しのとき、

「便乗して盗みを働いた奴原《やつはら》、探し出すのは難しいぞ」

などと話し、額《ひたい》に皺《しわ》を寄せ合っている。実際、その作業は困難なのだ。

「それもありますが、怪しげな修験者が占いやなにかの勧進とか言って、お祓いをしたり御札を売ったりしているというのを、聞いたことはありませんか」

龍之助は話に加わり、問いかけた。深川方面の定廻りを担当している同輩は出払っていていなかったが、

「その修験者なら知っていますよ。もっとも、鬼頭さんの言っておいでの修験者かどうかは分かりませんが。なんでも〝天の声〟を聞くとかで」

応じたのは、江戸城の北側になる小石川あたりを担当している同輩だった。

「おゝ、それでござる。どこに出ておりました。ご覧になられたか」

「伝通院《でんづういん》の前でござる。高貴なる出を名乗っていたが、具体的な名を出していずれかのご落胤《らくいん》を名乗っているわけでもなく。打ち壊しも収まったあとで、世を惑わす風でもないのでそのままにしておきましたが、それがなにか？」

「いや。私の受持ちにある神明宮へ参詣に来た者が言っておったのを聞きましてな。〝天の声〟などと、いかようなものかと思いまして」

「ははは。鬼頭さんももの好きでござるのう。よくある霊媒師のようなものでござろうよ。二、三日でいずれかへ行ってしもうて、もう伝通院の前にはいませんよ」

「ほう。数日で場所を替えてござるか」

と、〝天の声〟を聞く修験者の話はそこまでだった。なにぶん松平家がからんでいることであり、龍之助もしつこくは訊かなかった。だが内心は、

（高貴の出……いったい、いずれの名を名乗っているのか）

興味は強まった。

陽がかなりかたむいたころ、深川に出ていた同僚が戻ってきた。

訊いた。

「あゝ、そういうのが出ておりますなあ。なにぶん門前町のことゆえチラと見ただけで、よくある占い師や霊媒師の類《たぐい》で別段怪しむべき点もないが、それがなにか？」

と、小石川を担当している同僚とおなじ反応だった。異なるところは、

「きょうもいましたなあ」

と、そこだけだった。

（やはり、左源太の帰りを待つ以外にないか）

思いながら、

（深川に行けば、万造に会うはず）

想像した。門前町のことなら、その土地の貸元一家に訊くのが、最も詳しく正確なのだ。

夕刻近く、奉行所正門脇の同心詰所に来て待っていた茂市に、

「左源太は戻っているかい」

「いえ。まだですが、ウメは左源太さんの夕餉《ゆうげ》も用意しておりやすよ」

「ふむ。それでよい」

龍之助は挟箱の茂市を随え、帰途についた。

三

夏の夕陽が沈もうとしている。

組屋敷の冠木門《かぶきもん》をくぐると、

「旦那ア、行ってきやしたぜ」

左源太の声が飛んできた。庭に面した縁側に座り込んでいる。茂市が奉行所へ龍之助を迎えに出たあと、深川から帰ってきたようだ。同心の役宅では、さすがに兄イとは呼ばない。

龍之助は玄関口よりも庭先にまわり、

「どうだ、いたか。直接見たか。万造はなにか言ってなかったか」

「同時に三つも話せやせんぜ。どれか一つにしてくだせえ」

言いながらも、

「確かにいやしたぜ、天の声の修験者」

「その者と話したか」

「いえ。今後のこともあって、顔を覚えられねえようにと遠くから見るだけにしやした。確かに頭巾《ときん》を額《ひたい》に当てた修験者姿で、絞り袴の従者みてえなガキが二人……」

「ほう、ほうほう」

龍之助は返事を返しながら縁側から上がった。夕陽が落ちたところだ。まだ蒸し暑さが一帯に残っている。去年などは日の入りと同時に涼しさを感じたものだった。快適ではあったが、その冷夏がこれまで飢饉の最大の原因だったのだ。

玄関で待っていたウメが廊下にまわって刀を受け取り、

「夕の膳、もう用意はできていますけど」

「おう、すぐ出してくれ」

左源太も部屋に入って座りながら、

「ありがてえ。ここで食べるのが一番落ち着けまさあ。ウメさん、あしたの朝も頼みやすぜ」

「はいはい、左源の兄《あに》さん」

ウメはお甲の呼び方をまねた。茂市もウメも、左源太かお甲が来ているときのほうが楽なのだ。庭掃除もするし、膳も出すだけで給仕は左源太やお甲がするからだ。とくにお甲が来たときなど、嬉々として龍之助の世話をし、部屋の掃除から洗濯までして帰るので、

「おや、きょうは左源太さん一人かね。お甲さんは？」

　さきほど左源太が組屋敷の冠木門をくぐったとき、ウメは訊いたものだった。

　夕の膳をはさみ、龍之助と左源太は向かい合った。

　左源太は話す。

「信兵衛の父つぁんが言ってたとおり、ガキみてえな従者が布を左右から修験者の前に張りやしてね。それが薄い白布なので、修験者の姿が透けて見えるのでさあ」

「ほう。なるほど、うまい芝居だなあ」

　隠すのは喉の動きだけである。薄っすらと見えたほうが、

「修験者のほかに人はいない」

　ことを〝観客〟に示す効果があり、神秘的でもある。そこで修験者が厳《おごそ》かな手振り身振りの輪郭を見せ、腹話術で別人の声を出せば、

「七、八人が見ておりやしてね、オーッて驚きの声を上げてやしたぜ。占ってもらったお客は修験者を伏し拝み、お祓いを受け御札を買っておりやした」

「そうか。で、ガキみてえな従者とは？」

「へえ。十二、三のと十四、五のが二人で。素性は分かりやせん。そのあと深川の兄弟を訪ねやした」

「ふむ、万造だな。で、なんと」

左源太は膳の物を一箸かき込んでから、

「分かりやしたぜ。そのインチキ野郎の正体が」

「ほう」

龍之助は箸を持った手をとめた。

「四、五日前にフラリとやってきて、門前町の貸元衆にキチリと挨拶を入れて商いを始めたそうで。日々の見ケ〆料《みかじめりょう》もちゃんと納めてるようで。天の声などとインチキ臭そうなのは、霊媒の一種だと思えば愛嬌もあるんじゃねえかって、深川一帯の貸元衆は言ってるそうで。え、どこの出かってかい。陸奥《むつ》なまりがあるってんで、万造さんは訊《き》いたらしいや。それが、どこだと思いやす」

「もったいぶるな。どこだ」

「へへ。白河でさあ。しかも、そやつの名は松平貞周《さだちか》」

「なんだと！」

龍之助は身を乗り出した。白河は松平定信《さだのぶ》の領地であり、しかも松平姓で貞周とい
うのも、並みの名とは思えない。

「どういうことだ」

「どういうことって、それだけでさあ。ただ、通称はそのままの字で貞周坊《ていしゆうぼう》などと、
そう万造さんは言ってやした」

「うーむ」

龍之助は唸った。

（そやつ、ひょっとしたら松平定信の血縁……）

だが、疑問はある。

（もしそうだとすれば、なぜ松平屋敷の足軽大番頭《おおばんがしら》が俺に探索を依頼してきた？）

考えられるのは一つ、

（加勢充次郎は〝修験者〟の名をつかんでおらず、ただ〝高貴の出〟だけを聞き、田
沼の血筋ならと手柄を焦り、単独で俺に依頼してきた）

「左源太」

「へい」

「おめえ、あしたもう一度深川に行ってくれ」

「へえ。あっしも貞周坊になにか占ってもらいやすので?」

「ははは。占いは信兵衛に任せておけ。松平貞周《さだちか》か貞周坊《ていしゅうぼう》か知らねえが、そいつはどうやらあちこちを移動して店開きしているようだな」

「そのようで。万造さんもそのように……」

「そこだ。そやつが次の商いは神明町でやるように持ちかけられねえか、万造に相談してみてくれ。大松の弥五郎には俺から話しておこう」

「あっ、分かりやした。貞周坊とかの修験者野郎を神明町に取り込み、じっくり見極めようってんでがすね」

「おめえ、すっかり岡っ引らしくなったなあ。図星だ。そやつをこっちに取り込み、化けの皮をはがすときにゃ占い信兵衛に一肌脱いでもらおう」

「そいつぁおもしれえ。信兵衛の父つぁん、大喜びしやすぜ。なんだかこっちまでワクワクしてきちまったい」

その夜、左源太は龍之助とおなじ部屋に蒲団を敷いて寝た。灯りを消してからも、

「おめえとこうしていると、街道筋で与太っていたころを思い出すなあ。街道の用心棒を気取ってよう」

「へへ、兄イ。いまも街道の用心棒じゃござんせんかい」

「ふふふ」

気分は昔に戻り、睡魔に包まれるまで話していた。

話のまとまるのは早かった。貞周坊にすれば渡りに舟である。定まった場所を持たない者が商いをするには、その土地土地の貸元に仁義を入れねばならないが、相手のほうから声をかけてくれるなど滅多にあることではない。

「ありがたいことでございます。数日後に、神明宮門前の貸元さんに挨拶を入れさせていただきます」

貞周坊はよろこんで万造に言ったそうだ。すぐに動かなかったのは、富岡八幡宮への参詣人は多く、町の規模も大きいのでけっこう実入りがあるからだろう。それだけ土地の貸元にも見ケ〆料が多く入るというものである。

大松の弥五郎は言っていた。

「鬼頭の旦那。見ケ〆料を期待するなとか、化けの皮をはがすとか、いってえなんなんですかい。ま、見物させていただきやしょう。場所は石段を上った神明さんの境内に取っておきやすぜ。どんな幕開きになるのか、楽しみにしておきまさあ」

「さて、どんな舞台になるか、俺にも分からねえ」

龍之助は返したものである。

四

水無月（六月）もなかばになった。貞周坊はまだ深川の富岡八幡宮の門前に店開きをしている。左源太がふたたび物見《ものみ》に行ったところによれば、

「日の出から日の入り時分までやってるわけじゃねえようで。午間《ひるま》の一刻（およそ二時間）ばかり八幡さんの本通りの隅っこで商って、それだけでどこかへ消えちまうそうで」

深川の万造がフラリと神明町に来た。貞周坊をなぜ神明町が呼ぼうとしているのか不思議に思ったようだ。石段下の割烹紅亭で一同は膝をまじえた。万造に龍之助、左源太、お甲と大松の弥五郎に伊三次である。とくに万造は伊三次とはおなじ代貸で年格好も似ており、それこそ〝兄弟〟と呼び合うにふさわしく、息も合っているようだ。

「どうしてですかい。本物の修験者かどうかは知りやせん。他人《ひと》さまに迷惑さえかけなきゃ、そんなのどうでもいいことじゃありやせんかい。ただ、他と違うところといやあ〝天の声〟などとみょうな術を使いやがって、それで喜んでいる人がいるなら、

それはそれでいいと思いやすが」

万造はかなりひいき目に見ている。深川の貸元衆がそうなのだろう。

「へへ、その〝術〟ってのが気に入らねえので。騙《だま》しじゃねえですかい」

「はは、それも愛嬌じゃねえか。神明《うち》の界隈にもいるぜ、そんなのが一人」

「まあ、そう言やあそうでやすがねえ」

左源太が言ったのへ、伊三次が愉快そうに反論する。客人が万造では、なかば身内のようなもので座に緊張感はない。だが、

「いましばらく、ここだけの話にしてもらいてえ」

龍之助は真顔で言った。一同の視線が龍之助に注がれた。

「その修験者とやらの名だが、万造」

「へえ」

「松平貞周《さだちか》などともったいぶった名だが、町の者や参詣人にも名乗ってるのかい」

「いえ。深川《うち》の貸元たちに仁義を切ったときに名乗っただけで、堅気《かたぎ》の衆は通称が貞周坊だってのも知っちゃおりやせん」

「ふむ。それはよかった。深川の貸元衆にも言っておいてくれ。名は現在知っている範囲にとどめておいてくれとな。その名がどうも気になるのだ。それをちょいと調べ

たくてな。それで当人を神明町に取り込もうというわけだ。あゝ、理由《わけ》は訊かねえでもらいてえ」

「そういうことだったのですかい。御用の筋かなにかでござんしょうか。へい、分かりやした」

深川の万造は応じた。無頼の者が役人に言われ二つ返事で応じるのは、やはり相手が鬼頭龍之助という、なかば無頼上がりの同心だからであろう。

それに富岡八幡宮の門前町は広く、貸元も数人が棲《す》み分けており、万造はそのなかの一人についている代貸だが顔が広く、他の貸元衆との調整役を担っている。その万造に言えば富岡八幡宮門前のすべての貸元に通じる。一人の貸元に龍之助が直接渡りをつけていたなら、貸元衆の棲み分けにヒビが入り、門前町の微妙な均衡を揺るがすことになる。その点、神明町の貸元は大松の弥五郎一人であるのが、弥五郎にとっても龍之助にとっても、非常につき合いやすい要因になっている。

「しかしねえ」

万造は言った。その修験者の名を、貸元たちの内々にとどめておく件である。

「左源の兄弟が見たように、あの者は午間《ひるま》すこし大道で商いをやってすぐどこかへ消えちまうのは、商家や武家屋敷に招かれ、お祓いをしているからでさあ。そこでは松平なにがしとかを名乗っているかもしれやせん」

「ふむ」

龍之助は唸った。町家の堅気の衆には名が広まっていなくても、大店《おおだな》や武家には静かに広まっているのかもしれない。さいわい万造は、〝松平〟の名からなにも連想していないようだ。だが、武家にその名が広まれば……。

松平屋敷の加勢充次郎も、おなじ日ではないが前後して神明町に龍之助を訪ねてきた。その後の探索の進み具合を訊きに来たのだ。また左源太が、龍之助が浪人姿で街道を微行しているのを呼びに来たのだ。

「お、きょうは水無月の十七日だったなあ」

思わず龍之助が言ったのは、あした十八日に〝貞周坊〟が神明町に来ることになっており、大松の弥五郎がもみじ屋の一室を宿として用意していたからである。

龍之助と加勢充次郎は以前とおなじく茶店紅亭の奥の部屋に入り、お供の岩太はおもての縁台で左源太と団子をほお張りながらお茶を飲んでいる。

「わが藩もいよいよでしてな」

奥の部屋で加勢充次郎は言った。

「ほう、なにが」

「いや、失礼いたした。これはこちらのこと」

加勢は言葉を濁し、

「例の件でござるが、進んでおろうか」

「あれでござるな。なにしろ雲をつかむような話にて、深川近辺で気になる噂を聞きましてな。いま、探りを入れておりまするよ」

「ほう。貴殿もつかまれたか。で、いかがでござった。当家の足軽どもが言うには、出羽三山《でわさんざん》の羽黒《はぐろ》修験者だとか、男体山《なんたいさん》の日光修験者だとか、はては奈良の金峯山《きんぶせん》の天狗かもしれぬと、聞き込んだ内容がまちまちでしてな」

なるほど、松平家では足軽が町家に出て深川の話を耳にはさんだものの、路傍《ろぼう》に出るのが午間《ひるま》のわずかな時間とあっては近辺で噂を聞く程度らしく、内容は野次馬の単なる想像の域を出ていないようだ。天狗まで出てきたのには内心嗤《わら》ったが、松平姓を名乗っていることまでは、まだつかんでいないようだ。

(よし)

龍之助は思い、

「どうやら神出鬼没のようで、深川からもいつ消えるか分かりもうさぬ。なにぶんみような術を使うとなれば世を惑わすことにもなりかねず、それがしも本腰を入れて探りもうす。噂にいう〝高貴〟が田沼さまとなれば、幕閣の方々もちと厄介《やっかい》なことになりましょうからなあ。それがしも慎重に……いましばらく時間をいただきたい」

「ふむ。お願いいたしますぞ。なにぶん当家はいま多忙をきわめており、巷《ちまた》の噂を追いつづける余裕もなく……」

実際に忙しそうだ。話は役中頼みの再確認と催促だけで加勢は腰を上げた。

街道に見送り、おもての縁台には龍之助と左源太だけになった。

「へへ、兄イ、じゃねえ、旦那。岩太が言ってやしたぜ」

「なんて」

「松平の殿さんよう。いよいよ老中さまにおなりあそばすそうで、それも首座に。橋向こうの水野の殿さんさぁ、平《ひら》老中でいたぶられますぜ、松平の殿さんに」

加勢充次郎は松平定信の老中就任をぼかしたが、中間の岩太はそれを話した。役に立つ中間である。

「田沼への圧力も強まるってことだ。用心、用心」

「あっ、そうでやした。さあて、どうハネ返しやしょうかねえ」

「うむ」

龍之助も左源太も真剣な表情になった。怪しげな修験者の探索も、松平屋敷がいかに田沼家を根切《ねきり》（根絶）しようかとしている証《あかし》なのだ。

翌十八日、朝から神明町のもみじ屋は揉《も》めていた。

奥の部屋に龍之助と大松の弥五郎、それに占い信兵衛の三人が立ったまま話している。貞周坊なる修験者の宿にあてる部屋だ。

「そりゃあ旦那、ねえですよ。大勢の見ている前で化けの皮を」

「そうでさあ。二、三日は境内で稼がせてやりてえ。あとは信兵衛の好きなようにさせようじゃございせんかい」

占い信兵衛の言い分を、大松の弥五郎が押している。龍之助も当初はその算段だった。だが、深川の万造や加勢充次郎の話を聞き、策を変えたのだ。松平屋敷に知られぬよう、極秘に貞周坊の身柄をもみじ屋で拘束し、その場で出自《しゅつじ》を、

（糾明する）

そのあとのことは、まだ分からない。単に腹話術師が修験者を装い、徳川ゆかりの〝松平姓〟を名乗っているだけなら、茅場町《かやばちょう》の大番屋に引いてお灸を据えるだけでよい。だがそこから、松平家にからむとてつもない事実が出てくるかもしれない。

だから龍之助は、

「信兵衛。修験者もどきが来たら、この場で化けの皮を剝がせ。ここで取り調べる」

言ったのだ。

大松の弥五郎と占い信兵衛が異議を唱えるのは無理もない。弥五郎にすれば、そんなことをされ〝貞周坊〟の身柄をこの場から大番屋に持って行かれたなら、見ケ〆料が一文も入らない。信兵衛にとっては、自分の縄張に乗り込んできた同業者の化けの皮を、観客の見ている前で剝がす大舞台がなくなってしまうのだ。

「鬼頭さま。言っちゃあなんですが、ここは神明町ですぜ。あっしの……まあ、それはいいや」

弥五郎が、神明町の貸元の貫禄を匂わせた。そこは龍之助も尊重するところだ。

「よし、分かった。きょうあした、泳がせてやろうじゃねえか。信兵衛が〝お待ちなせえ〟と見得《みえ》を切るのはそれからということにしようかい。それでどうだ」

「さすが旦那、話の分かるお人だ。さあ信兵衛、おもしろくなりそうだぞ」

「へえ、大松の親分」

弥五郎の言ったのへ信兵衛は若々しい地声で返した。

街道では、

「おっ、来やがった、来やがった。あれだぜ、伊三次の兄イ」

茶店紅亭の縁台に座っていた左源太が北方向に顎《あご》をしゃくると、

「どれ。ふむ」

伊三次もそのほうへ視線をながして頷いた。絞り袴に八角の頭巾《ときん》を額にあて、頭に数個の鐶《かん》がついた錫 杖《しゃくじょう》を持ち、一見して修験者と分かる男が、粗末な直垂《ひたたれ》に揉烏帽子《もみえぼし》の若い従者二人を随え、往来人のなかを茶店のほうへ近づいてくる。

「なるほど奈良の天狗は突飛《とっぴ》だが、出羽三山や日光の男体山を連想しても不思議はねえなあ」

言いながら伊三次は縁台を立ってその者に近寄り、

「貞周坊さまでござんすね。深川の貸元からお聞きと思いやすが、神明町の大松一家の身内の者でござんす」

「おゝ。これは出迎え、痛み入る」

貞周坊は厳《おごそ》かな口調で応じ、

「ささ、こちらへ」

「うむ」

腰を低め案内に立つ伊三次につづき神明町の通りへ入った。龍之助や伊三次とおなじ三十路《みそじ》は超えていようかといった年行《としゆ》きで、〝高貴の出〟を名乗っているだけあって、なかなか穏やかな風貌の男だ。

「ふふふ、ふふ」

職人姿の左源太は縁台に座ったまま、

（腹話術野郎が……）

あの顔で信兵衛に化けの皮を剝がされたときの表情を、すこしばかり愉快げに想像した。

貞周坊と幼さの残る顔立ちの従者二人は、伊三次に案内され脇道に入った。

もみじ屋ではすでに龍之助と占い信兵衛は姿を消し、大松の弥五郎と若い衆が待ち受けている。招かれたうえに宿まで用意されていることに貞周坊は気をよくし、高貴な修験者然とし威厳を称《たた》え横柄な挨拶を入れることであろう。その一方で、相応の見ケ〆料を包むのも忘れないだろう。新参者が境内で商いとは、破格の扱いなのだ。

五

大松一家の者は、弥五郎をはじめ腰を低くした。その腹話術師は確かに、

「わしは本名を松平貞周《さだちか》と申し、理由《わけ》あって出自《しゅつじ》を隠し修験道に身を置くものでご

ざる。貞周坊《ていしゅうぼう》と呼び、深くはお訊きくださるな」

大松の弥五郎に言った。

「ほう、ほうほう。さようでございますか、貞周坊さま」

弥五郎は合わせた。

貞周坊が神明宮に案内されたのは、それからすぐであった。

「この上でさあ。場所は決めてありますので」

石段の途中で、案内に立つ伊三次が振り返った。若い従者二人を随えた貞周坊は貫禄をつけるためか、故意にゆっくりと階段を上っている。その背後に大松の若い衆が二人、護衛でもするようにつづいている。

「あら、修験道のお方」

「えっ。まさか、あの天の声を聞くという修験者さま」

石段を下りてくる商家の新造風の二人連れが脇へ寄り、伊三次らの一行に道を開けた。〝天の声を聞く〟という修験者の噂は、もうかなり出まわっているようだ。ならば当然〝高貴の出〟も広まっていることだろう。

「ま、すこしは稼ぎなせえ」

龍之助や左源太とともに、神明町の通りから信兵衛は見つめていた。同業者なればこそ、自分の縄張に入って来られたのでは心中穏やかならざるものを感じる。

「さあ、信兵衛の父つぁん。おめえも稼ぎなよ」

左源太が信兵衛の背を街道のほうへ押した。

石段を上りきったところに広場があり、脇のほうに簀張《よしずば》りの屋台が数軒、汁粉《しるこ》の椀や団子《だんご》の絵を染めた旗を掲げている。長月《ながつき》（九月）に十一日間もつづくだらだら祭りのときには両脇にさまざまな屋台が立ちならび、着飾った参詣人で賑わう。その広場の先に神門がある。瓦葺《かわらぶき》で化粧棟もそなえ、両隅を腕木の柱で支えた両開き門だ。入るとさらに本殿前の境内が広がり、左手の隅に太好庵《たいこうあん》と墨書した大きな看板を屋根に掲げた常店《じょうみせ》の売薬屋が建っている。神明町の氏子中の開業医が出している店で、〝先祖伝来の長命薬〟と銘打った〝万金丹〟や〝金粒丸《こんりゅうがん》〟と名づけた丸薬を売っている。境内の常店であれば、これもなかば神明宮の名物になっている。神明宮の名物といえば、生姜《しょうが》と、薄板を小判型に組んだ弁当箱の千木筥《ちぎばこ》だが、これを常時売る店が右手の隅にある。だらだら祭りのときには、生姜と千木筥を売る屋台が境内にも町内の通りにもところ狭しと出て参詣客が買い求める。左源太は手先の器用なことから、長屋でこの薄板を削るのをおもての生業《なりわい》としている。だから常に腹掛《はらがけ》に腰切半纏《こしきりはんてん》の職人姿なのだ。

「さあ、ここでさあ」

伊三次が示したのは、神門の外だった。端《はな》からインチキの腹話術と分かっている者を、神門の内側で商わせるわけにはいかない。だが、そこも境内であり、やはり破格の扱いと言わねばならない。

「ふーむ。いい場所を用意してくれもうした」

相手が貸元ではなく代貸というせいもあろうか、貞周坊は横柄に頷いた。祭礼でなくても神明宮は参詣人が多く、その立ち居振る舞いからすでに修験者としての商いは始まっている。

伊三次が若い衆二人をともない、神門の外と内の汁粉屋や太好庵に、

「きょうからお仲間が入《へえ》るから、仲良くしてやってくんねえ。なあに、ほんの二、三日のあいだでさあ」

貞周坊に代わって挨拶を入れた。これも貸元一家の大事な〝仕事〟なのだ。

神門の脇から、伊三次はしばらくようすを見ることにした。

お祓いと占いだけだから準備はいらない。衣装から頭巾《ときん》や紙垂《しで》、錫杖《しゃくじょう》まで、道具立ては常にそろっているのだ。

「占いましょうぞ、祓いましょうぞ。天の声を聞き、天のご意志のままに」

さっそく始まった。顔に似合わず、嗄《か》らした声をつくっている。占い信兵衛も常時それをやっているのだ。

龍之助は街道の茶店紅亭の縁台で一息入れてから、

「ちょいとようすを見にいこうか」

「へへ。行きやしょう」

左源太とともに腰を上げた。微行の浪人姿と職人姿だ。地元の者はいずれも龍之助の顔を知っているが、他所から来た参詣人には、職人と一緒に歩いているただの浪人にしか見えない。

まだ午前《ひるまえ》である。石段を男女の参詣人が上り下りしている。

「ほう」

広場に出て、龍之助は低く声を上げた。すでに人垣ができている。十人ばかり、町娘もおればお店者《たなもの》風の男もいる。

「伊三次の兄イだ」

神門の腕木《うでぎ》の陰に伊三次が若い衆二人といるのを左源太が見つけた。伊三次も気づき、手招きした。

「どうだ、ようすは」

「へえ。ご覧のとおりで、すぐに人だかりでさあ。まだ客はついていやせんが。さっきから口上を聞いておりやした」

「どうだった」

「へえ。どうやら、噂から判断するような詐欺《さぎ》はやっていねえようで」

伊三次は貞周坊を好意的に見はじめているようだ。詐欺とは、寺社への寄進を募る勧進のことだ。

「ただの占いだけで、どこそこの勧進などとは一言も吐いておりやせん」

「それがし、全国の霊場をめぐり……」

と、特定の名を出しているわけでもない。もし、特定の霊場や寺社の名を使い、勧進と称して金銭を集めていたなら、これは神仏を騙《かた》って世を欺《あざむ》くもので寺社奉行と町奉行の双方が乗り出し、罪はきわめて重い。まだ初日だが、それは窺《うかが》えない。

「ただの占いと、願人坊主《がんにんぼうず》のようなお祓いだけか」

「そのようで」

出羽三山や日光男体山、まして金峯山の天狗など、勧進も含め野次馬の口を経るなかに出てきたものにすぎないようだ。

「だったら〝天の声〟や〝高貴の出〟ってのはなんなんですかい」

左源太が不満そうに口を入れた。

「それを調べるのじゃねえか。もうすこし見よう」

龍之助がたしなめるように言ったときだった。

「おっ、客がついたようですぜ」

伊三次が低声《こごえ》を出した。

聞こえる。従者の少年の声のようだ。

「はい。わたくしどものお師匠は、高貴の出でございますれば、慥《しか》とできるのでございまする」

ぎこちない口調だが確かに言っている。客は丁稚を連れた商家のあるじ風の男だ。

丁稚が持っているのは、太好庵の包み袋で、長命の万金丹か金粒丸のようだ。

貞周坊の、皺《しわ》枯《が》れた声が聞こえた。

「訊いて進ぜよう。さあ、用意を」

商家のあるじがなにを占ってもらおうとしているのか、それは聞こえなかった。若い従者が白い布を広げ、左右から二人で背伸びをするように貞周坊の前に張った。布は薄い。影絵のように、貞周坊の全身が透けて見える。野次馬というか、見物人が二十人ほどに増えている。初日に、しかも短いあいだにこれほどの人数に足をとめさせるのは、さすがに〝天の声〟が効いているのであろう。

「ふむ」

「なるほどねえ」

龍之助が頷いたのへ、左源太は皮肉っぽい頷きを入れた。貞周坊が立っているのは、境内の隅で背後は急な下り斜面になった林である。見物人に背面へまわられる心配はない。左源太が富岡八幡宮の門前町で見たときも、壁を背に立っていた。

「おおぉぉ」

見物人たちから声が上がる。白布を透かして見える影が、

「天の神よ。さあ、お声を聞かせて候《そうら》へ！」

切羽詰ったような皺枯れ声を上げ、天を仰ぐように両手を高々と上げている。左手には錫杖が持たれている。

手を下ろし、錫杖で地を打ち、鐶の金属音が聞こえ、それに合わせ修験者はなにやら呪文を誦《ず》しはじめた。

見物人は静まり、商家のあるじはもとより、すべての視線が白布に映る影を凝視している。

錫杖の鐶が一定の響きに鳴りつづけ、そこに修験者の唱える呪文が重なる。かなり

長い時間のように感じられた。

　とまった。

「おぉ」

　また見物人から声が出る。

　白布の影はふたたび両手を天にかざし、

「お聞かせ候へ……聞かせて賜《たまわ》れよかし」

　手は下がり、ふたたび錫杖の鐶の響きに誦唱の声が重なる。

　見物人はまた静まり返る。龍之助も左源太、伊三次、若い衆二人も、思わず数歩神門から離れ、見物人の一員になっていた。

　聞こえた。白布の向こうからだ。

「待ちなされ、待ちなされ」

　男とも女ともつかぬ、甲高《かんだか》い声だった。白布を掲げている若い従者の声ではもちろんない。それは見ている見物人たちにも分かる。龍之助たちにはそれが腹話術と分かっていても、まわりの見物人たちと一緒に固唾《かたず》を呑む雰囲気が、その場にかもし出されている。

　小刻みな鐶の響きに、呪文も低くなる。

不意にそれがとまった。

聞こえる。影は片膝を地につき、頭《こうべ》をたれている。

太い、ゆっくりとした声だ。

「明るいぞ。明るいぞよ」

「おおぉぉ」

見物人たちも声を上げ、一斉に片膝を地につき、女の見物人のなかには両膝をつき、頭は上げたまま白布の影を凝視している者もいる。

「俺たちも目立たぬように、さあ」

低声で龍之助が伊三次らをうながした。周囲とおなじように片膝をついた。

厳かな低い声が、さらに聞こえてくる。

「汝《なんじ》の悩みは遠のいたり。安堵せよ。世に乱れはなし」

打ち壊しにあった商家のあるじであろうか、世の行く末を占いに立てたようだ。

「なれど、汝に悪《あ》しき雲や見えん。家族を大切に、奉公の者をいたわり、衆には施《ほどこ》しを……。なれば悪しき雲は晴れん」

「聞かれたか、聞かれたか」

ふたたび男とも女ともつかぬ声が聞こえた。

「聞きましたぞ、聞きましたぞ」

修験者の皺枯れ声がそれに応えた。

「おーっ」

見物人たちの溜息のような声とともに、その場に張った硬い空気がやわらいだ。

白布は取り払われた。

片膝をついた修験者の姿がそこにある。

「おおぉぉぉ。なんとも、なんとも」

「まっこと、天孫降臨《てんそんこうりん》じゃ」

見物人から声が洩れる。

「では」

依頼人は修験者の前に頭を垂れ、

「清《きよ》め給《たま》え、清め給え、清め給え」

修験者は紙垂に音を立て、依頼人の頭上を幾度も祓《はら》った。

「あー」

依頼人はスッキリした表情で顔を上げた。

「おおぉぉ」

周囲からまたも感嘆の声が上がり、

「俺も」

「あたしも」

占いはせずとも、お祓いだけを求める男女が列をなした。従者がどこから取り出した か捧げ持つ笊《ざる》には一文銭に四文銭、二朱金に、一分金と、さまざまな銭や小粒が投げ入れられる。

「行こう」

「へえ」

龍之助がうながしたのへ左源太と伊三次は応じ、三人は石段を下りた。若い衆二人は、揉め事が起こらぬようその場に残った。

神明町の通りを街道のほうへ歩いているあいだにも、

「羽黒山から舞い降りたか」

「いや。奈良は金峯山かもしれん」

参詣人の言っているのが聞こえる。

占い信兵衛の台の前を通った。客はいない。

「左源太、さっきのようす、話してやれ」

「へえ」

「聞かなくても分かってまさあ」

信兵衛は声色《こわいろ》ではなく地声でささやくように言った。

「伊三次」

「へえ」

「あの分なら、あしたにでも化けの皮を剝がしたほうがいいなあ」

「あっしもさように思いやした」

「弥五郎親分に、そう言っておけ」

「へい」

伊三次は応じた。噂は神明町からたちまち街道にも広まるように思えたのだ。

縁台で一口湿らせ、龍之助は奉行所に戻った。

六

翌日、天明七年水無月（六月）十九日、龍之助は朝から茂市を従え北町奉行所に出仕した。直接、微行や定廻りに出ず、与力、同心すべて、かっている。

「朝より出仕あるべし」

北町奉行の曲淵甲斐守《まがりぶちかいのかみ》からお達しがあったのだ。

日の出間もなく、同心溜りにも与力部屋にも全員の顔がそろった。すでに理由は分かっている。

「ついに決まりか」

「こりゃあ厳しい世の中になるぞ」

同心たちは語り合っていた。よく言えば謹厳実直、悪く言えば、

「融通が利かない堅物」

松平定信の性格は、すでに広くささやかれている。龍之助はそこにもう一つつけ加えている。

（怨念《おんねん》に凝り固まった人物）

田沼意次を暗殺しようとし、さらにその血族を根切《ねぎり》にしようと神経質になっているのだ。その延長線上に、きょうも神明宮の境内で紙垂を振っているであろう貞周坊への探索もあるのだ。

奉行が江戸城から戻ってきたのは午《ひる》すこし前だった。与力が奉行の部屋に呼ばれ、ついで同心溜りに平野与力が顔を出した。

「陸奥国《むつのくに》白河藩の松平定信さまが、本日をもって老中首座に就かれた。皆々、心せよ……と、お奉行は言っておいでじゃ」

平野与力は間接的な言い方をし、

「ふーっ」

溜息をつき、肩の力を抜いた。

ここ一月《ひとつき》ほど柳営で、

「――飢饉に苦しむ領民を救うため、みずから率先して倹約に努《つと》められた」

「――被害の最も甚大だった陸奥で、領民救済を迅速になされ、白河藩から餓死者は一人も出なかった」

松平定信を称賛する声が飛び交っていた。確かに白河藩の救済措置は迅速だった。名門の出を武器に、米を買い漁《あさ》ったのだ。そのために米価の急騰を招き、他の藩での餓死者の数を増やし、江戸での打ち壊しの一因にもなったのだった。

田沼意次が柳営のおもて舞台を去ったあと、松平定信の他を顧《かえり》みない藩政を糾弾《きゅうだん》する者はいなかった。あるのは〝称賛〟の声ばかりである。だが、柳営でも奉行所でも町家でも、白河藩の米買占めを知らぬ者はいない。

平野与力が溜息をついたあと、同心たちにも口には出さないが同様に溜息をつく空気がながれた。このあと、町衆と直《じか》に接する町奉行所に、いかなる取締りの下知が出されるか知れたものではない。

（いよいよだな）

龍之助は思い、

「それがし、定廻りに出てきます」

座を立った。龍之助にとっては、これからの柳営の動きもさりながら、まずはきのうのようすから、占い信兵衛が我慢できずに石段を駈け上り、龍之助が行く前に化けの皮を剝がしてしまわないか心配なのだ。

「急ぐぞ」

北町奉行所の門を出ると、龍之助は同心詰所に待っていた茂市を急かした。

「旦那さま、さきに行っててくだせえ。紅亭でがしょう」

茂市は息を切らしながら言う。

「おう。あとからゆっくり来い」

龍之助は走らぬ程度に急いだ。

すでに太陽は中天を過ぎている。塗笠をかぶっているが、夏の陽射しに幾度も額の汗をぬぐった。

茶店の紅亭に着くと老爺が、

「あっ、旦那。待ってやした。大松の親分がすぐ来てくれと、割烹のほうで」

「そうか」

茶も飲まず、神明町の通りに入った。いつもの軒端に占いの台は出ているが、信兵衛の姿はなかった。悪い予感がした。

だが、石段の上に騒ぎが起こっているようすはない。

「おっ、旦那。いま奉行所へ走ろうかと思ってたとこなんでさあ」

割烹の女将に奥へ案内されると、ちょうど左源太が立ち上がったところだった。

やはり、案の定だった。

きょうは〝天の声を聞く修験者〟が姿を見せる前から、石段上の神門のまわりに見物人が集まっていたそうな。

それに、昼近くになっても街道近くの信兵衛の台に客がつかないばかりか、

「――あんた、石段の上と違って暇《ひま》そうだねえ」

「――向こうを張って、ホトケの声でも聞いてはどうかね」

などと、わざわざ台のところまで来て揶揄《やゆ》する者までいたという。

「――もう許せねえ」

信兵衛は台をそのままに石段のほうへ駈けだした。大松の若い衆がそれを見て引きとめ、知らせを受けた左源太と伊三次が走り、

「――鬼頭の旦那が来るまで待つんだっ」

無理やり石段下の割烹紅亭に引きずり込み、弥五郎も駈けつけ、龍之助の来るのを待っていたのだ。大松の弥五郎もきのう伊三次の報告を受け、

「――ほう、そんなに強烈な印象を参詣の衆に見せつけているのかい」

驚き、

「――それなら、あまり広まらねえうちに幕を下ろしたほうがいいなあ」

言っていたのだ。

「おやおや、とんだ騒ぎになりそうですねえ」

普段は割烹の紅亭で仲居をしているお甲も、信兵衛が引きずり込まれるのを見ていた。龍之助がそこに加わったとき、部屋はまさに言い争いの最中だった。

「だがよ」

大松の弥五郎は言っていた。

「思った以上の評判だ。そこを派手に赤恥かかせるのは、神明さんのためにもならねえ。それに、お祓いを受けたお人らに夢を壊させちゃいけねえ」

「冗談じゃねえ、大松の親分。あやつは人さまを騙《だま》くらかしてんですぜ」

信兵衛はいきり立ち、白いつけ髭をそのままに若い地声で言う。

「そのとおりだがよ、騙しでも〝ご託宣《たくせん》〟はまともだぜ。あの貞周坊とか、根っからの悪党とは思えねえ」

伊三次は言っている。

「だが、だがよう、親分……」

「分かってるぜ、信兵衛。おめえの顔を潰《つぶ》さしゃしねえ」

弥五郎は言うが、部屋は困惑の場となっている。どの言い分も、

（間違っちゃいねえ）

この場の誰もが感じているのだ。

「そうだな。ここは一つ、貞周坊とやらの化けの皮を穏便に剥がし、信兵衛の顔も立つようにしなきゃならねえようだ」

そこに入り、言った龍之助の言葉は弥五郎に近いものだった。

「そんなこと、どのように」

お甲が問いを入れた。それもまた、この場の全員が思ったことである。

「そうさなあ、お甲よ。女のおめえにも一役買ってもらおうかい。できるだけやわら

かくいきてえからなあ」

「えっ、あたしも……」

「旦那。なにか策がおありで？」

弥五郎が言い、この場の視線がすべて龍之助に向けられた。

「いいや。出たとこ勝負だ」

龍之助は応え、

「さあ、行くぞ。早いほうがいい」

この場の全員をうながした。貞周坊の評判は、大松の弥五郎も驚くほど予想外の大きさだ。神明町から幸橋御門内の松平屋敷までそう遠くはない。神明宮境内の評判が二日、三日とつづけば、松平屋敷の奉公人の耳にも入り、加勢充次郎が即刻物見《ものみ》に来るだろう。そのまえに、

（貞周坊の身柄を押さえておかねばならない）

龍之助にうながされ、一同は動いた。神明町の貸元に代貸、それに奉行所の同心と職人姿の岡っ引、さらに美形の仲居に白髭の占い師が一群となって石段を上るのだから、異様な雰囲気だ。石段上の広場では、修験者が白布の向こうで〝天の声〟を拝聴している。

（なにか起こりそうだ）

石段を上り下りしている誰もが思う。

野次馬がつきはじめた。

「まずいな」

龍之助は呟《つぶや》き、石段の途中でとまって一言二言、それぞれの役割を決めた。実際に出たとこ勝負で、その場で策を考えたようだ。

ふたたび動き、石段を上りきった。

「おっ。やってやがる、やってやがる」

信兵衛は声を上げた。まさに〝天の声〟の最中だったのだ。

「さあ」

龍之助はお甲をうながした。

「はいな」

きっかけをつくる役目はお甲だ。フラフラと前に進み出て、

「ほんとうに〝天の声〟なのかしら」

言いながら白布をまくり上げ、なかをのぞき込んだ。

「おぉぉ」

見物人から声が上がる。咎《とが》める声ではない。見物人たちも、

（見たい）

のだ。

貞周坊は驚き〝天の声〟を中断し、

「娘さん！　天罰が当たりますぞっ。さあ、戻って、戻って」

白布の向こうから修験者の慌てた地声が聞こえる。従者二人は白幕を持ったまま狼狽の態《てい》である。

なおもお甲は言った。

「あらあら、なんの変哲もない。さっきの厳《おごそ》かな声、もう一度聞かせてくださいましな」

「なにを言われる！」

女であれば狼藉にいたる心配もなく、見物人たちは興味深げに成り行きを見守るようすとなった。龍之助の策は当たったようだ。信兵衛が歩み出た。

「さあ、修験道のお方。その娘さんだけではありませぬぞ。この境内の皆々さま、いずれも疑問に思っていなさる」

白髭にふさわしい年寄りじみた声で言いながら、白布を取り上げるように引っぱっ

た。子供のような従者二人は思わぬ展開になす術《すべ》もない。信兵衛はつづけた。

「その〝天の声〟とおまえさん、同時に話してみなされ。おできになりますかな」

「そ、それは」

貞周坊はうろたえ、見物人はざわめいた。

「おう、どうした」

龍之助の登場である。右手に持った十手を左の手のひらへヒタヒタと打ちながら、ゆっくりと前面に出た。

「奉行所の旦那だ」

見物人たちの興味は高まった。

「これは同心のお方、ちょうどよいところへ。こちらの修験道のお人の真偽《しんぎ》を質《ただ》していたところでございます」

「し、真偽などと！　天を恐れぬ言いがかり」

「あらら、言いがかりかどうか。さっきこの占い師さんの言ったこと、やってみなさいな。同時に声を出す……」

「そうだ。それが見てみたい」

同調する見物人が出た。貞周坊はさらに狼狽の態となった。

そこへ仲裁が入った。大松の弥五郎だ。

「おっと、ここで揉め事はいけやせんぜ。十手の旦那も、それをしまってくだせえ」

「ふむ。この町の貸元だな」

「へえ、さようで。この揉め事、あっしが預からせてもらいやすぜ」

「よかろう」

龍之助は十手をふところにしまった。

「おおぉぉ」

また周囲から声が上がる。大松の弥五郎は、この町を取り仕切る貸元の貫禄を示したのだ。そのまま言葉をつづけた。

「さあ、修験道のお方。ここはひとまず宿にお帰りなせえ」

貞周坊にとっては危ないところだった。

「うむ」

頷き、従者二人をうながし弥五郎に従った。

境内では伊三次が、

「なんでもありやせん、なんでも。天の声とか、あっしも不思議に思ってましてね。さあ、もう見世物は終わりでさあ。散ってくだせえ」

見物人たちを散らせた。そこに混乱はなかった。

占い信兵衛にすれば、あくまで見物人たちの面前で〝天の声〟の正体を暴きたかった。だが、龍之助と弥五郎が〝穏便に〟と言うのでは従わざるを得ない。しかし、それに近い場が、龍之助の策には用意されていた。

七

もみじ屋の奥の一室である。

「松平貞周《さだちか》どのと申されたなあ。通称は貞周坊《ていしゅうぼう》とか」

「さよう」

年寄りじみた声に、貞周坊は低い声で応じ、

「さあ、認めなせえ。あんたのカラクリは腹話術だってことをよう」

おなじ人物が若々しい声で言ったのでは、

「えっ」

認めざるを得ない。部屋には貞周坊と占い信兵衛、それに龍之助と大松の弥五郎の四人だけである。だから信兵衛は、営業用の声も地声も心置きなく出せる。龍之助は

十手をふところから出し、ふたたび手のひらをヒタヒタと叩いている。

「わた、わたしを番屋に、引きなさるか」

「それは、おまえさん次第だ」

貞周坊は同心姿の龍之助に視線を向けた。

「どういうことですか」

応じる貞周坊の言葉遣いが丁寧なのは、芝居ではなさそうだ。〝天の声〟はまやかしでも、〝高貴の出〟は本物かもしれない。

「ここからさきはお奉行所の範囲のようだ。おう、貞周坊さんよ。もうこの町で稼ぎはできねえと思いねえ。いいかい。さあ信兵衛どん、おめえも気がすんだろう」

大松の弥五郎は信兵衛をうながし、部屋を出た。

「は、はい」

貞周坊は弥五郎の言ったのへ頷き、部屋で龍之助と二人になると、

「奉行所のお人、わたくしは牢に入れられるのでございましょうか。なれど、あの二人の若い者はご容赦を。ただ、わたしに言われるまま……」

決して芝居とは思えない、丁重な物言いだ。

「ふむ。なかなかのお人とお見受けする。おまえさん、松平姓を名乗っておいでのよ

うだが、それは？」

「本名でございます」

「ふむ。それに、言葉に陸奥なまりがおありのようだ。まさか白河藩ゆかりの？」

「…………」

なにもかも素直に話すかに見えた貞周坊だが、白河藩の名が出るとビクリとした表情になり、口をつぐんだ。

「やはり、なにやら関わりがありそうだなあ。おまえさん、きょう白河藩のお殿さまが、江戸城中で老中に就かれたのを知っていなさるか」

「えっ」

貞周坊は驚きの声を上げた。知らなかったようだ。龍之助はつづけた。

「それも首座だ。これで江戸の町も陸奥の白河藩のご領内とおなじ、松平さまの天下となった」

「白河とおなじ!?　江戸の町が!!　ならばわたくしを早く牢に入れてください、入れてくださいまし。なれどあの二人はなにとぞ、ご慈悲をもって人返《ひとがえ》しに！」

「……ん？」

奇妙な反応に、龍之助は首をかしげた。人返しとは、無罪放免で国へ返すことである。

「どういうことだね。理由を聞かせてもらいましょうか」

「はい、話します。わたくし、命を狙われているのでございます。それで藩を抜けだし、あの若い二人は途中の村で餓死寸前だったのをわたしが拾い、同道させただけなのです」

夏の太陽はすでに西の空に入っている。

おなじころだった。

きょう、朝から松平屋敷は慌しい雰囲気のなかにあった。柳営であるじ定信の老中就任の沙汰が下るのだ。屋敷にはつぎつぎと来客があり、

「うへーっ。猫の手も借りてえや」

中間の岩太も忙《せわ》しなく屋敷内をあちらこちらに走っていた。

そこへ国おもてからの早馬が正門に走り込んだ。あるじ定信はすでに出仕し、筆頭家老も同道している。次席家老の犬垣伝左衛門が来客への接待のあい間を縫い、中奥で応対した。急使のたずさえた書状は国の城代家老から江戸家老に宛てたもので、しかも極秘の印《しるし》があった。他の者を部屋から排除し、急使を前に封を切った。

伝左衛門の表情はみるみる緊張の色を帯び、

「で、国おもてのご城代はいかに？」

最後の用件は、

――急使の者が口頭にて

と、あったのだ。

急使は一膝前ににじり出て、声をひそめた。

「君命であれば、見つけ次第すみやかに……害《がい》したてまつれ……と」

定信は国おもてに〝抹殺せよ〟と命じていたのだ。筆頭家老は知っていたかもしれないが、次席家老の犬垣伝左衛門は聞かされていなかった。だが噂には聞いていた。

十三年前のことである。御三卿の一つ田安《たやす》家の出である田安定信は、陸奥白河藩十万石の松平家に婿養子として入った。田沼意次の、柳営から遠ざけるための画策だった。定信の妻となった、白河藩主の娘に妾腹の弟がいた。藩内の商家の娘に藩主がお国入りしたときに産ませた子で、柳営（幕府）にも届けず城の外で育てた。それでもやはり、定信にとっては弟となる。定信は白河藩松平家に入籍するとき、

「――一点の曇りもあってはならぬ」

松平家に条件をつけた。定信が八代吉宗《よしむね》将軍の孫であってみれば、大名家へ養子に入るにも強い態度で挑むことはできた。

定信が白河藩主となったとき、妾腹の存在がおもてになり、激怒した定信はその場で君命を下した。

「――その者を排除せよ」

藩から放逐するのではない。殺害……である。

松平家の重役たちは困惑のなかに、殺害したとして領内の寺に預けた。僧籍に入れたのだ。ところが定信の老中就任が具体的に目に見えはじめた一月《ひとつき》ほど前、それが定信の知るところとなった。定信は激怒のなかに再度命じた。

――わしを謀《たばか》ったは不問とする。ただし、その僧籍の者は人知れず処分せよ
老中就任に際し、藩主が家臣に謀られていたなどの事実がおもてになってはならない。すべてを隠蔽し、白河藩に餓死者が一人もなかったごとく、城中にもなんら問題はないことにしようとしたのである。

寺はそれを察知し、その者を秘かに逃がした。

藩は寺への処分をひかえ、何事もなかったごとく装《よそお》い極秘に探索した。その者は僧籍にありながら、持って生まれた才か、声音《こわね》と腹話術を得意とし、村でも評判だったらしい。

必死の探索にもかかわらず、見つけ出すことはできなかった。

「江戸へ出たらしい」

　腹話術を使う特徴がある。探索のなかに藩は察知した。そこでやむなく、国おもての重役は江戸藩邸の家老宛てに急使を立てたのである。

　急使は言った。

「いま屋敷に殿のおられないのはさいわいでござった。できれば犬垣さま、殿には内密にご処分を」

「うーむ」

　犬垣伝左衛門は唸った。

　江戸藩邸に急使が駈けつけたことは当然知らないまでも、白河を逃れた経緯を貞周坊こと松平貞周は話し、

「それが、わたくしなのでございます」

　龍之助に語り、

「逃げるため、僧形《そうぎょう》を捨て山伏に化けたのでございます。腹話術は悪いとは思いながら、日々の生活《たつき》の糧《かて》を得るため、仕方なくしたことでございます。本名を名乗ったのは、偽名ならば自分で自分を謀《たばか》ることになると思ったからです。それに、裏社会の

貸元衆に名乗っても、それがおもての世間にながれることがないことも知っておりましたゆえ」

江戸町奉行所の役人を相手にそこまで打ち明けたのは、伝法な口調をつかい町の無頼と親しく交わっている龍之助をかえって、

（この者なら）

信を置いたのかもしれない。

貞周坊というより、松平貞周はつづけた。

「江戸でなら白河藩の目もとどきますまいと思ったのですが、定信公が老中となり、お江戸までわがものとしたのでは、わたくしの生きる方途はもうありませぬ」

「だから、牢に入れろと申されたのか」

龍之助は身につまされる思いになった。同時に、

（わが父君の田沼意次と、松平定信の……なんと対照的なことか）

眼前の松平貞周が憐《あわ》れにも思えてくる。

龍之助は貞周坊の顔を見つめた。牢に入れば安全などと思ったか……むしろ、実際はその逆である。

（この者、神明町に取り込んでよかった）

三十路《みそじ》を越していようかと思われるその顔を凝視した。

「貞周坊どの。それがし、これからそなたをそう呼びもうそう。生きられよ、どこまでも」

「えっ」

貞周坊こと松平貞周は、驚いたような表情になった。

「うーむ」

忙しいなか、犬垣伝左衛門はまだ唸っていた。急使は用件だけ告げると、逃げるように馬もろとも屋敷を退散してしまったのだ。定信が戻ってくる前に……思ったのであろう。

(なんと無責任な)

怒りを覚えるよりも、

(ともかく加勢充次郎に、至急かつ秘かに探索させねば)

そのほうが先決問題だ。犬垣伝左衛門は庭に出て目についた足軽を呼びつけ、

「至急じゃ。足軽大番頭の加勢充次郎をこれへ」

「へい」

返事をしたのは、岩太だった。

この日、加勢充次郎も江戸城への行列に加わらず、居残り組になっていた。その加勢充次郎に、いましがた外出の用事から戻ってきた足軽が、

「大番頭さま」

報告していた。

「きょう、町家で耳にはさみました。深川に出ていたというみょうな修験者、きのうから神明宮の境内に出ているそうにございます」

「なに。近くではないか」

返した大番頭の加勢は、

(きょうは忙しいわい。なあに、急ぐこともあるまい。あした暇を見つけて)

思い、その脳裡には当然、北町奉行所の鬼頭龍之助の風貌が浮かんでいた。その加勢充次郎の姿を、おもての正面玄関近くで岩太は見つけ、

「あ、加勢さま。ご家老の犬垣さまが中奥でお呼びでございます。至急……と」

駆け寄った。

四　逃がし屋同心

一

「ともかくだ、かくまってやれ」

「へえ。そういうことでしたら」

その日、柳営（幕府）では松平定信《さだのぶ》が老中に就いた水無月《みなづき》（六月）十九日、鬼頭龍《きとうたつ》之助《のすけ》が大松の弥五郎に、貞周坊《ていしゅうぼう》こと松平貞周《さだちか》の身柄を任せ神明町をあとにしたのは、太陽が西の空にかなりかたむいた時分だった。

「あの修験者なあ、憐れな身の上よ。松平の血を引くがゆえに、松平から……」

「いやでござんすねえ、お武家は。おっと、鬼頭さまは別もので……」

貞周坊の出自《しゅつじ》について龍之助は弥五郎らと話し合い、

「心してくれ。あくまで貞周坊として扱うのだ。それが当人のためにもなる」

龍之助は言い、いま茂市をともない八丁堀への帰途についている。街道に引く影は長く、一日の終わりが近づき行き交う人も荷馬も大八車も動きが慌しくなっている。宇田川町を過ぎ、橋板に響く下駄や大八車の音が大きく聞こえはじめたときだった。新橋の南たもとである。

「旦那さま、あれは」

「おっ。俺に用事のようだなあ」

新橋の北たもとから橋板の騒音のなかにいま踏み入り、龍之助を見つけて手を振って走っているのは、松平屋敷の中間《ちゅうげん》・岩太だった。

「あぁ、よございました、ここでお会いでき……」

岩太は駈け寄り、空脛素股《からずねすまた》の足をとめるのと大きな声で言うのが同時だった。橋の上だから自然声は大きくなる。

「おぉ、どうした」

龍之助は岩太を南たもとにいざない、橋をいくらか離れた。

松平屋敷の中間が走ってきた。

(橋の上で大きな声で話せる用件ではない)

とっさに判断したのだ。

「どうした」

「はい。屋敷《うち》の大番頭《おおばんがしら》が甲州屋で待つから、すぐ来て欲しいと……」

屋敷で次席家老の犬垣伝左衛門から〝探索〟を急かされたのだろう。

岩太はその足軽大番頭の加勢充次郎から鬼頭龍之助への遣《つか》いを命じられ、北町奉行所に走ったが不在で、ならばいつもの街道筋と見当をつけ走っていたところ、

「ほんとによございました」

新橋で出会ったことになる。加勢が待つという甲州屋は宇田川町《うだがわちょう》で、新橋からすこし南へ引き返せばすぐそこだ。

もと来た道にきびすを返した。背後に挟箱の茂市と、紺看板に梵天帯の岩太がつづいている。二人とも一文字笠で龍之助は塗笠をかぶっている。

(加勢どのはなにかつかんだ。〝高貴の出〟の素性か、それとも俺の……?)

もとより龍之助は白河から松平屋敷に早馬が駈け込んだことなど知らないし、岩太も中間の身では話の内容までは聞かされていない。

甲州屋の玄関口が見えた。

「茂市、左源太を甲州屋に呼んでこい。おまえはそのまま八丁堀に帰っていいぞ」

「へい」

「あ、茂市さん。神明町へ引き返しなさるんなら、挟箱はあっしが」

「すまねえ、岩太どん」

挟箱はおなじ一文字笠でも着物を尻端折にしている下男より、紺看板の中間が担いだほうが似合っている。

茂市は身軽になって、さきほどあとにしたばかりの神明町に急ぎ引き返した。

「おぉ、鬼頭さま！」

店先まで出ていた甲州屋の番頭が駈け寄り、

「岩太さん、うまく見つけましたね。さ、鬼頭さま。中でお待ちでございます」

声が聞こえたか、暖簾《のれん》からあるじの右左次郎《うさじろう》も出てきた。献残屋とは世の裏事情を潤滑に動かすための商いであり、玄関口はいたって質素で店先を通っただけではなにを商っている商舗《みせ》か分からぬほど目立たない構えだ。

その玄関口で待ち受け、

「鬼頭さま、松平家の加勢さまが……。きょうの老中ご就任とは別途の、なにか火急の用がおありのようで」

そっと耳打ちするように言うのは、さすが世故《せこ》に長《た》けた挙措《きょそ》である。

「ふむ」

龍之助は塗笠のまま頷き、

「あとで左源太が来るから、岩太と一緒に待たせておいてくれ」

低声《こごえ》で言い、暖簾をくぐった。

奥の庭に面した部屋だ。もうすっかりその部屋が北町奉行所同心・鬼頭龍之助と松平家足軽大番頭・加勢充次郎との、おもてにはできぬ談合の場となったようだ。右左次郎も心得ている。部屋に案内するとお茶だけ出し、あとは誰も部屋に近寄らない。極秘の談合をする者にとっては、それが最もありがたい接待である。

加勢充次郎が神明町に龍之助を訪ね、茶店紅亭の奥の部屋で〝探索〟の催促をしたのはおとといのことである。

龍之助は部屋に入るなり、

「本日は慶賀にござる。お忙しいなかを、なにかございましたろうか」

今回も、先手を打った。

ちょうど庭に射していた陽光が消えた。日の入りだ。夏場であれば、このあと暗くなるまでかなりの暮れなずむ時間がある。女中が行灯《あんどん》の火を入れにきて話を中断する煩《わずら》わしさもなさそうだ。

「うむ」

加勢は頷き、柳営はもちろん世間でもきょう最大の話題である老中の話に触れず、

「あの者、名が分かりもうした」

加勢は龍之助の問いに応えた。

二人は端座の姿勢をとっている。

「あの者？　あゝ、〝高貴の出〟の修験者でござるか」

「さよう」

「して、いかなる名であろうか」

ふたたび龍之助は問いのかたちをつくったが、
対手《あいて》はすでに、神明宮にその者が出たことをつかんでいるかもしれない。

（いかん）

龍之助は言葉をつづけた。

「その者ならきのう、それがしが定廻りの範囲にしている神明町に現れましてなあ。それできょう、探りを入れようと思い行ってみましたのじゃ」

「で、いかように」

「消えておりました。いずれへ？　土地の者に訊きましたが、分からぬと。どうやら

寺社の門前をあちこちと渡り歩いているようでござる」

そこまで話してから、

「して、名が分かったとは？」

あらためて問いを入れた。

「それよ。実は……」

加勢は声を低め、

「あの〝天の声〟を聞くという〝高貴の出〟なる者、田沼ではなかったようじゃ」

「ならば、いずれの……？」

龍之助はとぼけた。

加勢はつづけた。

「畏《おそ》れ多くも、わが主君・松平を騙《かた》り、松平貞周《さだちか》などとありもせぬ名を名乗っておるようじゃ」

次席家老の犬垣伝左衛門が足軽大番頭の加勢充次郎にどこまでどう話したか、それは龍之助の知るところではない。松平の血筋を名乗る不逞《ふてい》な者がいる……とのみ聞かされたのか、あるいは真相を聞かされ、部外者である龍之助にそれを〝騙り〟として話しているのか……。いずれにせよ龍之助は、

(松平貞周が松平屋敷の手に落ちれば……命はない)

直感した。

いま松平屋敷は、〝天の声〟を聞く修験者が神明宮の境内に現れたところまで突きとめたのだ。

「ほう。ならばきのう神明宮で占いをしていた輩《やから》が、畏れ多くも松平さまの名の騙り者であったかもしれませんなあ」

「それに間違いはござるまい。きょうはもういないというのは、まことでござるか」

「まことでござる。厳密に言えば、きょうの午《ひる》ごろまではいて、それから消えたようですが」

「なんと!」

加勢は一膝前ににじり出た。龍之助が大松一家の手を借り貞周坊こと松平貞周をも、もみじ屋にかくまったのは、きょう午間《ひるま》のことである。

龍之助はつづけた。

「ご貴殿の話、せめてきょう午前《ひるまえ》に聞いておりましたなら、その者の身柄、それがしが押さえておりましたものを……残念でござる。あるいはその騙り者、松平さまが老中へお就きになられたのを聞き、惧《おそ》れをなして江戸から逃げ出したのでは。それとも、いまごろどこかでその支度をしているかもしれませぬなあ」

「ふーむ」

話す龍之助に、加勢は信を置いている。困惑したように頷き、

「したが、いまからでも遅くはあるまい。きょうのことなれば足取りもつかみやすいのでは。町方の威力をもって、その者の居所を突きとめてくださらぬか。もちろんこれは奉行所の探索としてではなく、あくまでもそれがしが貴殿に頼んだこととして。むろん、屋敷から相応のことはさせてもらう。ふむ、ふむふむ」

加勢は自分で得心したように頷き、

「ここはほれ、献残屋ではござらぬか」

「さようでござるなあ」

龍之助は相槌を入れた。

廊下のほうに人の気配がした。

「加勢さま、鬼頭さま。行灯に火を入れさせてもよろしゅうございましょうか」

あるじ右左次郎の声だ。

気がつけば、明かり取りの障子に、外の明かりが薄らいでいた。

「いや、もうよい。話は終わったゆえ」

加勢は返し、視線を龍之助に戻した。

「慥《しか》と頼みましたぞ。あすまた午《うま》の刻（正午）、いや、巳《み》の刻じゃ。この部屋にて、さらに詳しく……」

「巳の刻、四ツ時分（およそ午前十時）でござるな。分かりもうした。努力いたしましょう」

二人は腰を上げた。

「これはこれは、もうお帰りでございますか。お構いもいたしませず」

右左次郎は腰を折り、暗くなりかけたなか、二人を玄関にいざなった。もちろん、あす四ツ時分の件は快諾した。

別間で左源太は、二日前の茶店紅亭とおなじように岩太と話しながら奥の部屋の話が終わるのを待っていた。一度甲州屋に戻ってきた茂市は、岩太から挟箱を受け取ると気を利かせ、弓張《ゆみはり》の御用提灯《ちょうちん》を出して左源太にあずけ、さきに帰っていた。

「では、慥と」

「今宵よりさっそく」

甲州屋の玄関前で、二人はそれぞれ中間と岡っ引を随《したが》え、北と南に分かれた。北へ向かえば外濠幸橋御門で、南へ行けば神明町である。

二

「旦那、岩太が言ってやしたぜ」

さすがに御用提灯を手にしていては、〝兄イ〟よりも〝旦那〟のほうが先に出る。

いま龍之助と左源太は、御用提灯の灯りを頼りに、暗さの増した裏通りを神明町に向かっている。速足だ。言葉も早口になる。

「どのように？」

「加勢さんと一緒に屋敷を出るとき、足軽の幾人かも一緒で、そいつら、神明町に向かったそうで」

それを聞き出すため、左源太を甲州屋に呼び、岩太とおなじ部屋で待たせたのだ。左源太はそれによく応《こた》えている。

加勢充次郎は配下の足軽たちを神明町に出したうえで、龍之助にも探索を依頼したことになる。午ごろまで〝天の声〟を聞くという修験者が神明宮の境内に出ていたのは事実である。加勢はそれを足軽たちから聞き、事実を語った龍之助にいっそう信を置くことだろう。だが龍之助には、

（こまめな男。用心、用心）

思えてくる。

「それにしても旦那、向こうさんの動き、まるで手に取るようでござんすねえ」

「あはは。そのうえ役中頼みまでもらったりしてなあ」

言っているうちに、神明町に入った。左源太は提灯の火を消した。そこは門前町で陽が落ちればあちこちに軒提灯の灯がともり、町を歩く者も神明宮への参詣客から酔客や色香を求めての嫖客《ひょうかく》に代わる。そのようなところへ御用提灯を入れるなど、無粋というほかはない。左源太は提灯をたたみ、半纏で隠すように持った。

きょうは打ち壊しの騒擾も遠のいたことから、もみじ屋で賭場《とば》が開帳されている。弥五郎も伊三次ももみじ屋に出張っているはずだ。もちろん壺振り名人のお甲も、部屋の四隅に百目《ひやくめ》蠟燭《ろうそく》を立てた灯りのなかで、冴《さ》えを見せていることだろう。もみじ屋は陽のあるうちは小料理屋だが、日暮れとともに大松一家の常設の賭場となるのだ。裏通りにあって玄関の間口も狭くて目立たないが、奥行きがあって部屋数は多い。だから沼津の百姓代・久兵衛もそこに身を落ち着けたように、人をかくまうにはきわめて至便な造作である。

「へへ、旦那。その格好で正面玄関からはまずいですぜ」

「おう、そうだな」

左源太が言ったのへ龍之助は応じ、裏手にまわった。御用提灯をかざしていなくても、髷《まげ》は小銀杏《こいちよう》で地味な着流しに黒の羽織をつけ足元は裏金を打った雪駄《せった》となれば、一見して同心と分かる。

裏手に龍之助と左源太が訪《おとな》いを入れると、すぐに貸元の弥五郎が裏庭まで迎えに出てきた。なにしろ賭場に奉行所の同心と岡っ引が来たのだ。

「いま、お甲さんに出てもらっておりやす」

「おっ。だったら俺も張らしてもらいてえや」

「はは。馴れ合いで稼いだんじゃ、ほかの客が怒りだすぜ」

左源太が言ったのへ龍之助は冗談口調で返した。

「さ、こっちで」

若い者に手燭《てしよく》で足元を照らされ、屋内に入ると、

「半方《はんかた》、ないか、半方ないか、ないか」

聞こえてくる。代貸の伊三次の声だ。伊三次が仕切り、いまお甲が盆を茣蓙《ござ》に伏せたところか……。

別間である。

「修験の人」

と、大松の弥五郎は松平貞周を呼んでいる。龍之助からは貞周坊《ていしゅうぼう》として扱えと言われているが、十万石の大名家の血筋と聞かされては、一介の修験者か長屋の信兵衛とおなじように呼ぶのは畏れ多い。つい〝修験の人〟などとわけの分からない呼び方になってしまう。一家の者もそれに倣《なら》っているようだ。

「午間《ひるま》の旦那から話があるようだ」

「えっ」

薄暗い行灯一基の灯りにすぐ近くから盆茣蓙の音が聞こえる部屋で、不安を募らせていたところだ。そこへ弥五郎が、午間すでに顔を合わせているとは
(賭場？　ここはいったい⁉)

いえ、丁半の声を背に奉行所の同心が部屋に入ってきたのだから、驚くのも当然だろう。丁半の声は何事もなく、あたりまえのようにつづいている。

(この同心、ますます並みではない……なにやら得体の知れない)

貞周には思えてくる。

「さあ。楽にしてもらいましょうか」

言いながら龍之助は腰を下ろして胡坐《あぐら》を組み、左源太もそれにつづいた。行灯の小

さな炎が揺れた。

「それじゃあっしは」

「あ、親分も一緒に聞いてくれ」

「え？　あっしもですかい。それじゃあ」

部屋から出ようとして龍之助に呼びとめられ、弥五郎も胡坐に腰を据えた。

「はあ」

端座しかけた貞周もそれに倣い、ふたたび足を崩した。炎がまた揺れた。少年のような従者二人は、かろうじて灯りのとどく隅のほうに端座している。餓死寸前を拾われ、占いの手伝いをしながら、僧侶でもある貞周からそれなりの作法は仕込まれているのだろう。

「貞周坊どの。すでにご存じのとおり、それがし町奉行所の同心なれば、奉行所を通じて各大名家の動きもつかみやすい立場にあると思って聞いていただきたい」

「はい」

「まして老中となられた松平さまなれば、かえって細かい動きまで分かりましてな」

「はあ」

貞周は薄暗いなかに龍之助の顔を凝視している。そのなかに龍之助は、

「松平屋敷はあるじが老中に就任された忙しいなか、それゆえにまた、必死になって貴殿を找《さが》しておいでのようだ。すでにきのうから貴殿が神明宮に出ておいでのこともつかみ、いまも足軽が神明町に出張り……」

「しきりに聞き込みを入れているようで」

伊三次がつないだ。

さらに龍之助は、

「松平屋敷の目的は……貴殿を人知れず葬《ほうむ》ること」

隅の従者二人がビクリと肩をこわばらせた。

重苦しい空気の張りつめるなか、

「…………」

いずれもがいくらかの間を置き、

「やはり、このお江戸も松平家の庭になりましたか」

「おっと、修験の人。そう言うのは早すぎますぜ」

貞周が低い声を入れたのへ、弥五郎が押し戻すように言った。松平屋敷に近い神明町を仕切っている大松一家の貸元として、〝松平家の庭〟などといった言葉は、容認できないところである。それは一家の者や龍之助や左源太にお甲まで、全員に共通した思いである。

「へん。目をくらませる方法はいくらでもありまさあ」

左源太が視線を龍之助と弥五郎へ交互に向けた。問い返しを求めている目だ。すぐ近くの部屋から、

「丁方《ちようかた》ござんせんか、丁方ないか、ないか。はい、丁半、駒そろいました」

「勝負」

歯切れのいい伊三次の声に、お甲の壺を開ける声がつづき、

「おーっ」

歓声と溜息の混じった声が、押し殺したどよめきのように聞こえてくる。それらをはねのけるように、

「ふむ。ある」

貞周らの目は、断言した龍之助に向けられた。

「したが、いまはまずい。松平屋敷の者が最も精力的に動いている時期だ」

龍之助は応えた。これまでおぼろであった、

（あの者を助けたい）

思いがいま、

（俺の成すべきこと）

確たる信念に固まったのを、龍之助は感じていた。

同時に、

（余計なことを言ってしまった）

悔やまれてくる。さきほど甲州屋の奥の部屋で加勢充次郎に、貞周らが江戸の外へ逃れているかもしれないと示唆《しさ》した。ならば加勢はこたびも、品川宿まで配下を遣わし沼津の百姓代の身柄を確保したように、江戸四宿へすでに網を張ったかもしれないのだ。龍之助が〝ある〟と明言した策とは、沼津の百姓代・久兵衛にそうしたように貞周にも江戸を抜けさせ、あとは名を変え修験者ではなく、行雲流水《こううんりゅうすい》の雲水《うんすい》として生きさせ、みずから生への道を見つけ出させることであったのだ。

「ともかくだ」

一同の注視のなかに、龍之助はつづけた。薄暗い部屋の隅から、二人の従者も行灯の炎に浮かぶ龍之助の顔を見つめている。十二、三歳のほうを孝助《こうすけ》といい、十四、五歳のほうを仁助《にすけ》といった。顔立ちから兄弟ではなさそうだが、親はなかなかいい名前をつけたものだ。

「敵にすきが見えるまで、しばらくここに潜んでおられよ。いま動いてはならぬ」

貞周は頷いた。さらに、江戸の外へ出ることを承知し、

「乗りかかった舟だ。ここに潜んでいる分には安全と思いなせえ」

弥五郎も〝松平家の庭〟への反発か、胸を張った。

「それではくれぐれも、ここから一歩も外へは出ぬように」

隅にうずくまり身をちぢめている孝助と仁助にも声をかけ、左源太をうながし部屋を出ようとする龍之助を、貞周は呼びとめた。

「もし、お役人。なにゆえですか。他人《ひと》を謀《たばか》っていたわたくしどもに、かくも親切にしていただけるのは」

「ふふふ。貞周坊どの」

龍之助は振り返った。

「そなた、白河を逃げ江戸へ入る道中に、なにゆえそこな孝助と仁助なる者を拾われた。みずからも餓《う》えるかもしれぬというに」

「それは……」

「助けるというよりも、飢え死にしそうな小童《こわっぱ》をそのままに通り過ぎたなら、一生後悔することになる。そう思われたからではないのか。すなわち、自分のため……」

「うむ。……さようであったかもしれぬ」

「そんな！　おいらたち、お坊《ぼう》に救われたんじゃ」

不意に叫ぶように声を入れたのは、十四、五歳の仁助だった。薄暗いなかに、十二、三歳の孝助がウンウンと頷いているのが気配から分かる。

「それでよいのだ、仁助に孝助と申したのう。それでよいのだ」

龍之助は言い、部屋を出た。

行灯の灯りに振り返った。

「俺の気がすむようにさせてくれ、なあお坊」

「お役人……」

「へへ。そういう男なんでえ、俺の兄イはよう」

暗い廊下で、左源太の声は明るかった。大松の弥五郎も頷いた。盆茣蓙の部屋からは、なおも緊迫したざわめきが聞こえていた。

三

次の日、龍之助は八丁堀の組屋敷から筋目《すじめ》の崩れた袴《はかま》の浪人姿で、直接微行《びこう》に出た。日よけに深編笠をかぶった。茂市はともなっていない。行く先はむろん神明町だ。昼四ツ（およそ午前十時）には甲州屋で加勢充次郎と会う約束もある。

　街道おもての茶店紅亭に、

「またちょいと場を借りるぞ」

　と、深編笠をとったのは、太陽もかなり昇った時分だった。紅亭では龍之助が浪人姿だろうと挟箱持を随えた同心姿だろうと、待遇に区別はない。

「あ、旦那。割烹のお甲姐さんが、旦那が見えたらすぐ知らせてくれと」

「おうおう、ちょっと待て」

　言ったときにはもう茶汲み女は神明町の通りへ前掛姿のまま走り込んでいた。龍之助は数歩追いかけたが、下駄の音はそのまま石段下のほうへ遠ざかった。占い信兵衛の台の前だった。

「これ、ご浪人。占って進ぜようか」

　営業用の声をかけてきた。

　龍之助は近寄り、低声で、

「どうだ、来ているか」

「来ていまさあ。朝から一人、二人と。あっしにも訊いてきやしたぜ。子供を二人連れた修験者を見かけなんだか、と」

地声の若い声で言い、また営業用の声で、

「尋ね人は、遠くにあらん」

地声に戻り、

「と、応えておきやした」

「それでいい」

龍之助は返した。腰切の着物に脚絆をつけ、大小の二本差しに羽織をつけた足軽たちである。朝から聞き込みに出ているようだ。

「――ここは神明町の入り口だ。見張っておけ」

町内の者へ、すでに弥五郎からお達しが出ているのだ。こうした手配は、神明町では龍之助より弥五郎のほうが数段効き目を発揮する。

龍之助が街道の縁台に戻ると、

「龍之助さまア」

すぐに下駄の音にお甲の声が重なった。言いたいことは分かっている。

「ともかく中へ入れ」

奥の部屋にいざなった。

「なんですよう、きのうは。来たなら来たで言ってくだされぱいいのに」

「ははは。ちょうどおまえはご法度《はっと》の壺振りに夢中だったからなあ。邪魔しちゃいかと思ってな」

奥の部屋で龍之助と二人になると、お甲はいくぶん鼻声になり、

「左源の兄《あに》さんはずーっと一緒で、あたし一人がまるで蚊帳《かや》の外じゃありませんか」

「ま、そう言うな。おまえにも存分に働いてもらわねばならん時がきっと来る。こんども松平家十万石が相手だ」

「ほんとに、ほんとにですよ。龍之助さま」

実際に龍之助は、貞周ら三人を江戸の外へ出すには、

（一悶着《ひともんちゃく》は避けられない）

感じている。左源太の分銅縄、お甲の軽業と手裏剣……いずれも頼りにしているのだ。そのお甲と話しているところへ、

「兄イ、そろそろでござんすよ」

部屋の板戸の外に左源太の声が立った。きのうから龍之助は左源太に命じていたのだ。きょうも加勢充次郎のお供に、岩太がついているはずだ。

左源太は廊下から板戸を開け、

「おっ、お甲。来てたのかい」

「んもう」

龍之助のお供がまた左源太一人であることに、

「あたしだって、龍之助さまの岡っ引ですよう」

見送るようにおもてまで出て、下駄を地面に大きく鳴らした。


甲州屋では、加勢はまだ来ていなかった。おかげであるじの右左次郎と話をする時間が得られた。

「鬼頭さま。松平屋敷はいま二重の忙しさのようで。もちろん一つは老中ご就任で来客に贈答物が絶えず、おかげで番頭がきょうからお屋敷に詰めることになりました」

右左次郎は面長に金壺眼《かなつぼまなこ》の目をパチパチと動かし、

「それにもう一つ、加勢さまが別の任務をお持ちのようで。なんでも、みょうな修験者を找しておいでとか。手前どもも見かければすぐ連絡をと依頼されてございます。これについては鬼頭さま、なんなりと手前どもにもお命じくださいまし」

「ふむ。甲州屋さん、找《さが》す振りをしておいてくれ。それだけでいい」

話しているところへ、加勢充次郎は来た。お供は岩太に二本差しで腰切の着物に羽織をつけた足軽が二名だった。左源太とおなじ部屋で待つことになった。

庭に面した奥の部屋である。

「探索はこの姿のほうがやりやすいもので。別間でそちらのお供と一緒に待たせている岡っ引も職人姿でしてね」

「ほう。これは、これは」

端座で向かい合い、両手を広げてみせる龍之助を、加勢は頼もしそうに見つめ、

「して、騙りの修験者。なにか分かりましたろうか」

「神明町にはけさも早くから聞き込みを入れたのですが、どうもつかめませぬ」

「うーむ、さようでござるか。実はそれがし、貴殿がきのう江戸府内より出ているのではと申されたゆえ、昨夜のうちに江戸四宿《ししゅく》に配下の者を配置しましてなあ。その騙り者、江戸を抜けるとすれば奥州街道の白河とは逆の方向と思いましてな。東海道の品川宿、甲州街道の内藤新宿、それに中山道の板橋宿に重点を置き、けさも早くからそれらへは人数を増やしましたのじゃ」

「ほう。で、いかほどの陣容に」

龍之助は淡々とした表情で訊いた。

「それぞれ三カ所の宿駅で、街道のよく見渡せる旅籠に詰所を設けましてな。人員は五、六名ずつ配してござる」

「ふーむ。頼もしいことでございますなあ」

「じゃから、やつはもう袋の鼠でござる。そこで府内のことは貴殿によろしく願いたい。そこでのう……」

加勢は声を低め、膝を乗り出した。

「ふむ」

龍之助も上体を前へせり出した。

「きょう殿が出仕する前、それがしもご家老と一緒に中奥へ召されましてな」

「ほう」

「貴殿がしばらく自儘《じまま》に動けるよう、殿から北町奉行の曲淵甲斐守《まがりぶちかいのかみ》どのに直接話しておくとのこと」

「えぇ！」

これには龍之助は驚いた。予想外のことである。

「じゃによって、貴殿もそう心得られ、存分にお働き願いたい。ここはちょうど献残商いの甲州屋でござる。きょうあすにも、また熊胆《ゆうたん》などを……うふふ」

龍之助は戸惑ったものの、

「かたじけのうござる」

かすかに頭を下げ、謝辞を述べた。

このあと加勢には甲州屋右左次郎と役中頼みの打合わせもあろう。

「ならば、それがし。これよりまた探索にまいります」

と、さきに甲州屋を出た。

「へへ、兄イ。向こうさん、相当はりきっていやすねえ」

左源太は龍之助から加勢の話を聞くよりも、岩太や足軽たちから貞周探索の話を聞き出していた。浪人姿だから肩をならべ、話しながら歩ける。

「なんでもきのうの夜のうちに足軽が一人、品川宿や内藤新宿に走って旅籠に部屋をとり、きょう夜明けと同時に助《すけ》っ人《と》を増やしたらしいですぜ。いずれも変装するでもなく、腰までの着物に足には脚絆を巻き、二本差しだがよれよれの羽織をつけた足軽の格好のままだっていうから、まあ、見りゃあ一目で分かりまさあ。なんならお甲と手分けして、見に行ってみましょうかい」

と、加勢が龍之助に語った内容より、左源太のほうが詳しく聞き込んでいた。

「それには及ぶまい。それよりも……」

龍之助は声を低め、

「左源太。ひとっ走り急いで大松の弥五郎に言っておいてくれ。貞周さんたちに一歩も外へ出ないようにと念を押し、町内で口をつぐむことも徹底してくれとな」

「へい。がってん」

左源太は走り出した。龍之助はその背を見送り、神明町界隈を中心に街道筋を微行した。調べるのは、松平屋敷の足軽たちがどのくらい出ているかである。

神明宮の境内に、それらしいのが参詣人にまじっていた。太好庵の老爺《おやじ》に訊くと、

「あゝ、旦那。なんなんですかねえ。みょうな侍から、おなじことばかり何度も訊かれましたよ。占いの修験者は出ていないかって」

「あゝ、あれかい。もうとっくにどっかへ行っちまったようだ。また訊かれたら、そう答えておきな」

「へえ」

太好庵でも、同心姿だろうが浪人姿だろうが、龍之助は奉行所の旦那なのだ。

四

翌朝、龍之助は北町奉行所に出仕した。

「どうなろうかのう」

「さあ、どうでしょうか」

と、同心溜りで聞く声は、いずれも新老中首座・松平定信のご政道がどう進むかに集中していた。

「いずれ、見えてきましょうかねえ」

と、龍之助も加わった。そこに占い修験者の噂は聞かれなかった。

そろそろ午前の微行に出ようかと思ったところへ、

「鬼頭さま。平野さまがお呼びでございます」

小者が同心溜りへ呼びにきた。

「ほう、鬼頭どの。なにか特命ですかな」

「あとで聞かせてくだされ」

数名の同僚に見送られ、

（えっ、まさか松平定信がもうお奉行に……）

思いながら与力部屋に行くと、

「鬼頭。おまえさん、松平さまからなにか役中頼みでももらっているのかい」

平野与力は伝法な口調で迎えた。他に人はいない。

「こいつは尋常じゃねえぞ。着任早々の老中どのから、一介の町方の名が出るとは」

「はあ。いかなることで？」

「ご就任早々のきのうだったらしい。松平さまが柳営でお奉行に、同心の鬼頭龍之助なる者、暫時奉行所への出仕は勝手次第とし自儘《じまま》にさせよ……と要請、じゃねえや。老中となりゃあ、こいつぁご下命だぜ。なんなんだい、いったい」

異例のことに、平野与力は興味を持ったようだ。平野もかつて自分とおなじ無頼の一時期を持ち、そのときの調子で訊かれたのでは応えないわけにはいかない。

「実は松平屋敷の足軽大番頭どのとかねて昵懇《じっこん》でありまして、松平さまでは人找《ひとさが》しをされている由《よし》。それを頼まれたのでございます」

「ほう。で、どんな人だい」

「それが、数奇な出自《しゅつじ》ながら市井《しせい》に埋もれ、それを找せ……と。なんでも松平さまのお血筋を騙っているとか」

「えっ。田沼さまがらみの件じゃねえのかい。なにしろ執拗なお方と聞くからなあ。ふむ、そうか。松平さまも、お家にはなにやらおもてにできねえ事情がおありのようじゃのう。うまくいきゃあ褒美も多かろうが、鬼頭よ」

「へえ」

つい平野与力の口調に合わせ、無頼のときのような返事をした。

「深くは訊かねえことにしようかい。ともかく同心のなかでも市井の裏を一番よく知ってるおめえだ。松平さまの大番頭どのもそこを見込まれたんだろうが。おめえ、探索はしても、揉め事にはくれぐれも巻き込まれねえようにしろよ」

「へえ、心得ておりやす。その騙りとかの居所を突きめるだけで、あとはもう松平屋敷のことで、あっしの知るところじゃござんせん」

「ふむ、それでいい。お奉行にはそのように言っておこう。もっとも、お奉行から同心・鬼頭龍之助を暫時自儘にさせよと言われてなあ。まあ、時のご老中さまから直《じか》に言われたんじゃ仕方ないわさ。皮肉を言うわけじゃねえが、これが新老中さまからお奉行へのご下知第一号となったようだぜ」

平野与力は言うと、フッと溜息をついた。同心一人を自家の都合で自儘にさせよとは、役人を一人、私的に動かすということになる。しかも、就任早々の権力にものを言わせてである。そこに平野は溜息をついたのだ。

「へえ。申しわけないことで」

「おめえが謝ることたぁねえぜ。ともかくだ、深入りしねえように気をつけることだ。困ったことがあったら相談しねえ。お奉行もそこんとこは心得てなさる。さ、早くお仲間に気取《けど》られねえよう部屋へ帰《けえ》りねえ」

「平野さま！」

「いいから、誰か来るぜ、早く」

「へえ」

龍之助は胸がつまった。松平家の私的なことというよりも、自分自身の私的な問題でもあるのだ。そこを平野与力は深く訊かず、背を押してくれた……。同心溜りに戻る廊下で、

（よし！　貞周さんよ。命に代えても無事逃がしてやるぜ）

あらためて心に誓った。

「なんだったい」

「どうってことはないさ。神明宮や増上寺の門前町に、不逞《ふてい》な輩《やから》がもぐり込んでいないか気をつけろって」

「あゝ、あの一帯。難しい土地《ところ》だからなあ」

「鬼頭さんも大変ですなあ、あんな土地を定廻りの範囲にもって」

「そうでもないですよ」

同心溜りに居残っていたお仲間と軽く交わす。実際、神明町は龍之助にとって、他所の門前町を抱えている他の同心仲間にくらべ、まったく〝そうではない〟のだ。

午後は組屋敷に戻った茂市を呼び出し、その〝そうでもない〟神明町へ同心姿で定廻りに出た。調べるのは、松平屋敷の足軽の調査である。出ている。

次の日は、浪人姿で微行した。

やはり出ている。

足を深川と小石川にも伸ばした。神田明神や目黒不動、市ケ谷八幡などにも。左源太をともなったこともある。それだけで、数日が過ぎる。いずれにも出ていた。

(加勢どのに忠告したい)

気分になった。探索というのに変装もしていないのだ。腰切に脚絆の侍など、かえって目立つばかりだ。

「ご苦労さん」

と、声をかけたくなる一方、平野与力が松平定信の人物像を言った言葉が耳に響いてくる。

(執拗なお方)

まさにそれである。他人事ではない。その〝執拗〟さで、田沼意次の隠し子を松平定信は找し出そうとしているのだ。

甲州屋の奥で、加勢充次郎と数回会った。毎回、

「つかめませぬなあ。もう江戸を出たのではござるまいか」

「そうかもしれぬ」

龍之助が言えば、やがて加勢も言いはじめた。だが、まだあきらめたようすではない。逆に、

「君命ゆえに」

ポツリと言い、

「引きつづき頼みますぞ」

念を押した。

この間、大松一家の者がもみじ屋から貞周ら三人を一歩も出さず、弥五郎の町内への緘口令《かんこうれい》も徹底していたことは言うまでもない。

しかし、

「仁助と孝助はまだガキでさあ。これ以上日がな一日、狭い部屋の中に閉じ込めておくのは困難ですぜ。賭場のお客の目に触れないとも限りやせん」

伊三次は言う。聞かないわけにはいかない。お甲からも、それは聞かされていた。

すでに水無月も終わりに近くなっている。

微行の途中、龍之助は石段下の割烹紅亭に弥五郎、伊三次、左源太、お甲の四人を集めた。

「弥五郎に伊三次」

「へえ」

「こたびは、まったく世話になった。礼を言う」

偽《いつわ》らざる龍之助の気持ちである。

「旦那、なにをおっしゃいます。血がつながるゆえに抹殺する……許せますかい。それを助けるってんで、わしら手を貸してるんでさあ。しかも相手が十万石のお大名で、柳営の老中ときた日にゃゾクゾクしまさあ」

弥五郎が言ったのもまた、ふたたび松平屋敷から贈られた熊胆の木箱を、そのままチャリンと音を立て割烹紅亭の奥の部屋で披露したからなどではない。本心からである。伊三次もしきりに頷きを入れている。

「ありがたいぜ、貸元に代貸さんよう」

龍之助はかつて街道で無頼を張っていたころの口調になっている。

「ついてはだ、ここ十日近くにわたった持久戦だったが、みんなよくやってくれたおかげで、こっちの勝ちといって間違《まちげ》えねえ」

「あたしもそう思いますよ。弥五郎親分や伊三次さんたちを見ていたらさあ」

「へん、これが町の力ってもんだ。十万石め、ざまあ見ろってんだ」

お甲が言えば左源太も言う。

「そこでだ、そろそろ限界で、これ以上籠城はつづけられめえ」

「おそらく。いえ、いまが打って出る潮時かと思いやす」

龍之助の言葉にこんどは伊三次が応じ、弥五郎が大きく頷きを入れた。弥五郎も伊三次も、きょう龍之助がこの顔ぶれを集めた理由を解しているようだ。

「そう、潮時だ」

龍之助は応じるように言い、

「だがよ、街道にはまだ敵の目がある」

加勢が言っていた宿場での見張りの陣形を話した。

「旦那。ありやすぜ、江戸から逃がす方法が」

「ほっ、あるか。だがよ、変装しろなんてのじゃ怒るぜ。出張っている足軽のなかにや、貞周坊や仁助らの顔や年格好を知っているやつもいると思わなきゃならねえ」

伊三次が一膝せり出したのへ龍之助は返した。

「変装も必要でやしょうが、松平の大番頭は確かに東海道の品川宿、甲州街道の内藤新宿、中山道の板橋宿と言ったんでござんすね」

「そうだ」

「あっ、分かった。もう一つあらあ」

不意に左源太が会話に割って入った。

「あります、あります。もう一つ」

お甲も口を入れ、大松の弥五郎も頷きを見せた。

龍之助はようやく気づいた。お甲にはかつてその土地の貸元に請われて壺を振っていたことがあり、土地勘がある。

（よしっ、いける）

龍之助は確信を持った。その表情を察したか、弥五郎が言った。

「旦那、女掏摸《すり》のときもそうでやしたが、すっかり逃がし屋同心になりやしたねえ」

五

さっそく翌日である。大松一家の若い者が品川宿、内藤新宿、板橋宿へ出向いた。

とくに板橋宿には、

「──あたしも」

と、お甲が若い衆三人に同行した。板橋宿ではないが、土地勘があるのはその近くなのだ。これには龍之助も、

「──必要になるかもしれねえ。つなぎをとっておいてくれ」

お甲が行きたいと言ったとき、積極的に勧めたものだった。

早朝にでかけ、日の入り時分には帰ってきた。

石段下の紅亭で、龍之助はそれら物見《ものみ》の報告を一つひとつ聞いた。弥五郎も伊三次も同座している。物見の報告はいずれもおなじだった。

「人数は分かりやせんが、宿場の本通りを見わたせる旅籠の二階の部屋から外を見張り、宿場を出て一丁（およそ百米《メートル》）ほどのところにも足軽風情の二、三人が突っ立ってやがって、往来人をジロジロ見ておりやした。あれじゃ変装したって無事通り抜けるのは困難ですぜ」

さらにあった。品川宿を抜けた鈴ケ森のあたりだという。

「足軽ではねえ、歴《れき》とした侍もいやしたぜ」

おそらくどの宿場にも、足軽ではない二本差しの藩士が一人か二人ずつついているのだろう。どうやら松平屋敷は、その場での殺害も意図しているようだ。宿場役人が

駆けつけても、脱藩者を成敗したことにすれば役人は手が出せないのだ。しかもあるじが老中首座に就いた白河藩とあっては、どの宿場でも殺害者のほうを鄭重に扱い、死体の処理にも便宜をはかるだろう。

戻ってきたなかに、お甲がいない。

「へえ。お甲姐さんは音羽《おとわ》に泊まってくると。あしたお出《い》での際には、土地の貸元にも話し、音羽三丁目の紅屋《べにや》に一部屋とっておきますから、そう言えば鬼頭さまにはお分かり、と」

お甲と一緒に板橋宿に行った若い者が言う。

「ふふ。お甲め」

龍之助は微笑《ほほえ》んだ。

「へへ。兄イは最初からその気だったんでやしょ」

「ま、向こうの貸元にお甲さんが話をつけてくれりゃ、それに超したことはありやせん。ですが、早う帰《けえ》ってきてもらわねえことには」

左源太が愉快そうに言ったのへ、弥五郎はいくらか心配げな口調をつくった。

「ははは、心配するな。向こうの貸元がお甲にちょっかい出しゃあ、俺が十手を見せて言ってやらあ。いまのお甲は俺の岡っ引だってな」

「そりゃあ音羽の貸元、腰を抜かしやすぜ」

龍之助の言葉を伊三次が受け、座はなごやかな雰囲気になった。

音羽三丁目の紅屋といえば、音羽ではかなり格式のある割烹で、左源太が島送りになったとき、龍之助が初めてお甲と顔を会わせた場である。お甲は音羽町の貸元に請われ、賭場で賽《さい》を振っていた。なんの細工もなく手さばきだけで思いどおりの目を出すお甲の技《わざ》は、関東一円の貸元衆の垂涎《すいぜん》の的だった。そのお甲を龍之助が神明町に呼び寄せ、島から帰る左源太を迎える段取りをつけたとき、音羽の貸元は女壺振り名人を手放すのを残念がったものである。龍之助に頼まれ、その受け入れをととのえたのが神明町の貸元・大松の弥五郎だった。頼まれたというよりも、女壺振り名人を迎えるとあっては、手放す音羽の貸元とは逆に弥五郎は大喜びだった。

「――ほう。お甲の仮の塒《ねぐら》が紅亭とは、音羽の紅屋と似た名前で、縁起がいいじゃねえか」

弥五郎の準備に龍之助が頬をゆるませたのは、もうあしかけ三年ほども前のことになる。

その音羽の割烹紅屋の名が、ふたたび神明町の割烹紅亭で聞かれたのだ。

「よし、あしただ。俺の付き人は左源太一人。世話になりっぱなしですまねえが、大松の衆には遠慮してもらうぜ」

「えっ。ま、仕方ござんせん。しかし旦那、途中まで見送らせてもらいやすぜ。伊三次、おめえが二、三人つれて行け」

「へい。そのように」

龍之助が言ったのへ弥五郎は不満ながら応じ、伊三次が返事をすると、お甲と一緒に板橋宿に行った三人に視線を向けた。三人は無言で頷いた。

仕方のないことであった。音羽の紅屋を拠点にしたのでは、一帯は護国寺の門前町で、音羽の貸元が仕切っている。そこへ他所の貸元の身内が、斬った張ったの騒ぎになるかもしれない用件で入るのは危険だ。それに、おもてにはせず秘かに行動するには龍之助、左源太、お甲の三人のほうが、

（やりやすい）

ことを、弥五郎も伊三次も悔しいが解している。

きのう、伊三次が貞周らを江戸から逃がす方法が〝ある〟と言い、座の一同が相槌を打ったのは、

――川越《かわごえ》街道
なのだ。

川越街道は中山道の板橋宿から分岐し武州《ぶしゅう》川越まで十三里（およそ五十二粁《キロ》）の道中だが、基点とされている板橋宿とは大八車が一台やっと通れる程度の、畦道《あぜみち》をすこし広げたような起伏の多い枝道で結ばれているに過ぎない。川越街道のながれは、板橋宿に近い上板橋宿《かみいたばししゅく》を経ると中山道の南側を並行するように走り、音羽の護国寺の北側をかすめて江戸城北側になる小石川の街並みに入っている。街並みに入ってからの沿道には伝通院や水戸藩徳川家の上屋敷などがあり、武州川越に向かうには中山道の板橋宿よりも音羽を経て川越街道に入る者のほうが多い。

お甲と一緒に板橋宿へ向かった大松一家の若い衆三人は、お甲に言われてその道筋を通った。するとお甲が音羽の護国寺門前町に入ると、

「――わあ、懐かしい」

と、そこで三人と別れたのだった。

「――なるほど、お甲のことだ。それなりの段取りはつけているだろう」

割烹紅亭に顔をそろえた面々は確信を持ったものである。

その夜、龍之助は弥五郎や伊三次と一緒にもみじ屋に行き、

「どうだね貞周《ていしゅう》さん。川越まで出ると、あとはもう松平の追っ手もいまい。そこから貞周《さだちか》という名の因果を捨て、修験道でも雲水でもよい。名を変え、新たに生きる道

を拓《ひら》きなさっては」

外に出れば命を狙われるという逼塞《ひっそく》したなかに、

（この宿命を断ち切るには……）

貞周は考え悩み、龍之助の提示した川越街道に明日を見出すことにしたようだ。仁助と孝助には、奥州街道の郷里に帰ってはと龍之助が言ったのへ、

「わしら、命を救われたんじゃ。お師匠にどこまでもついて行きたい」

意志は強かった。この二人も、松平定信の白河藩が他藩の米も買い占めたための犠牲者なのかもしれない。

翌朝、まだ日の出前の薄暗いなか、もみじ屋の玄関先に数人の影が立った。風呂敷包みを背に菅笠《すげがさ》をかぶり、着物を尻端折にお店者《たなもの》が遠出でもする風体《ふうてい》を扮《こしら》えている。仁助と孝助も小さいながらおなじ出で立ちである。伊三次が昨夜ととのえたのだ。

「さ、行こうか」

言ったのは職人姿の左源太だった。

人影は動きだした。職人姿の左源太が先頭で、伊三次が菅笠に手甲脚絆《てっこうきゃはん》をつけ草鞋《わらじ》の紐《ひも》もきつく結び、着物を尻端折に肩をならべ、十数歩遅れて貞周と仁助、孝助がつ

づき、さらに十数歩あとに、きのう板橋宿に行った若い衆三人が伊三次とおなじ格好でつづいた。いずれも脇差を腰に差している。

そこに龍之助の姿がない。

昨夜、龍之助はもみじ屋に泊まるつもりだった。ところが深夜になって、茂市が呼びに来たのだ。

「――松平屋敷から岩太さんが組屋敷に来て、加勢充次郎さまから、あしたの朝五ツ（およそ午前八時）、微行ではなく定廻りの衣装にて甲州屋に来ていただきたい、と」

いつもより早い時刻なのが気になったが、松平屋敷の者に疑いを持たれることが微《み》塵《じん》もあってはならない。

音羽町までは伊三次たちがつく。あとはお甲と二人でも、

「――へへ、大丈夫でさあ」

左源太は胸を叩いた。だが、緊張した顔は隠せなかった。

「――なあに、甲州屋での用がすめば、すぐ音羽に駈けつけるさ」

龍之助は言ったものである。

道筋は神明町から愛宕山の裏手を経て外濠の溜池から濠沿いの往還に入り、四ツ谷御門前、市ケ谷御門前を過ぎ、すでに江戸城の北側となる牛込御門を経たあたりで濠

沿いの往還を離れてさらに北へ向かえば、護国寺門前の音羽町に入る。夜明け前に出れば、男の足なら午前《ひるまえ》には着く。龍之助が駈けつけるのは午すぎになろうか……。

「――音羽三丁目の紅屋で」

と、龍之助と左源太は算段をつけた。

その左源太らの一行が溜池を過ぎ、四ツ谷御門前に向かっているころか。朝五ツ、町の商舗がつぎつぎと暖簾を出しはじめる時分である。茂市をともなった龍之助が甲州屋についたとき、出したばかりの暖簾の前に、町駕籠が二挺とまっていた。中間姿の岩太が駕籠舁《か》き人足と一緒に立っている。

「あっ、鬼頭さま。加勢さまが中で待っておいでです。はい、この町駕籠、さっきわたしが街道に出て呼んできたばかりです」

岩太の言葉に、駕籠舁き人足たちは、

「へい、よろしゅう」

ピョコリと頭を下げた。

あるじの右左次郎が忙しそうに出てきて、

「さあさあ鬼頭さま。ともかく中へ」

龍之助を案内する。

「ここで待っておれ」

茂市を玄関前で岩太と一緒に待たせた。

奥のいつもの部屋である。加勢充次郎の用件は一つだった。

「きょう一日、それがしにつき合ってくだされ」

龍之助はドキリとしたが、ここまで来た以上、なおさら仕方がない。

「いいでしょう」

応えた。これまで〝高貴の出〟なる修験者が出たという富岡八幡宮や伝通院、神明宮、それに出たと思われる神田明神や目黒不動をはじめ大きな寺社の門前をすべて加勢充次郎は直接まわり、

「自分の目と耳で確かめたい」

というのだ。聞き込みには、町方が一緒のほうが心強い。その結果によって、

「松平家の向後《こうご》の方針を決めたいと思うてのう」

あるじ定信や次席家老の犬垣伝左衛門らと相談というより、そう命じられたのであろう。町駕籠二挺は加勢と龍之助が乗るためだった。八丁堀同心に対する、なんとも手厚い待遇ぶりである。それにいつの間に来たのか、腰切の着物に二本差しで羽織をつけ、足には脚絆を巻いた足軽が三人、岩太と一緒に、大番頭の加勢を待っていた。

「一応、のう」

加勢は言う。もし〝高貴の出〟の修験者を見つけたときの用意であろう。

茂市の歳では、岩太やそれら足軽について一日中江戸の町を走るのは無理だ。龍之助は組屋敷に返すことにしたが、

「そのまえに、ひとっ走り神明町へ」

命じた。事の次第を大松の弥五郎に知らせるためだ。

「あらよっ」

「ほいっさ」

二挺の駕籠尻は地面を離れた。うしろに岩太が走り、さらに足軽三人がつづく。

揺られながら、

（左源太とお甲、頼むぞ。それに伊三次……）

龍之助は胸中に念じていた。

左源太らの一行は、すでに外濠沿いの往還を離れ、神田川の土手道を北へ向かっている。ここまで怪しむべき目もなければ兆《きざし》もなかった。前方に見える橋を渡れば音羽町である。伊三次らはそこで引き返すことになっている。

「それじゃ、この辺で」

左源太が振り返ったときだった。

「あにいーっ」

尻端折で土手道を走りながら手を振っている男が見えた。大松の若い衆だ。

「なにごと！」

貞周を含め、一同は緊張した。

若い衆は息せき切りながら、

「あー、間に合ってよかった。親分からです。鬼頭の旦那が……」

来られなくなった事情を話し、

「音羽の貸元と諍《いさか》いにならねえようにと」

つけ加えた。音羽町に入って、

（左源太とお甲を助《す》けろ）

との指図である。

「よし、分かった」

伊三次は即断し、左源太も、

「頼みやすぜ」

もしもの場合、対手《あいて》の正確な人数は分からない。貞周と仁助はありがたさと申しわけなさを顔面にあらわし、孝助は頼るように一同の顔を見上げている。

伊三次が若い衆三人を連れ音羽町を素通りして川越街道に出てからしばらく待ち、左源太は貞周らと一緒に音羽三丁目の紅屋でお甲と落ち合い、一息入れてから伊三次らのあとを追うことにしたのだ。音羽を出てから伊三次組と左源太組が貞周たちをはさむかたちで上板橋宿まで行くというのである。

「上板《かみいた》まで無事なら、あとはもう大丈夫だろう。おめえは念のためだ。神明町に走り戻って、間に合ったことを親分に知らせるのだ。心配していなさろうから」

「え？　へ、へえ」

神明町から走ってきた若い者は不満そうに返した。実際、弥五郎はつなぎがとれたかどうか、神明町で気を揉んでいるのだ。

「もう、なんとお礼を申し上げてよいやら」

貞周は全身恐縮の態《てい》である。伊三次が応えた。

「なあに。これもあの同心の旦那の指図だと思いねえ」

「あの、鬼頭さまとおっしゃる……」

貞周はさらに恐縮した目で伊三次を見つめ、視線を左源太に向けた。呼び方が鬼頭どのから鬼頭さまに代わっている。

「そういうことだ。さ、行きやしょう」

その視線を受け、左源太は風呂敷包みの貞周の背を押した。

「行くぜ」

伊三次が三人の若い衆をうながし、先に立った。

六

「あら、龍之助さまは？」

音羽三丁目の紅屋で、玄関まで走り出たお甲は怪訝《けげん》そうに言った。動きやすいように、小袖《こそで》に絞り袴の出で立ちだ。

「えぇえ！」

左源太の話にお甲は驚いた。主力が欠け、伊三次ら大松一家の四人が加わったのはありがたいが、もし事《こと》が起こればかえって騒ぎが大きくなる。部屋では、お甲と一緒に待っていた音羽の貸元も、大松一家の者が音羽を素通りすると聞き、

「あの旦那の岡っ引で左源太さんとおっしゃいやしたねえ。その神明町のお人ら、気

を遣ってくれたのはありがたい。街道に出ればもうあっしらの縄張《しま》じゃありやせんが、死体の一つや二つ出ても、なんとかしましょうかい」

好意的に言ったものである。

「おっと、その死体たあ、あんたらのことじゃござんせんぜ」

貞周と仁助や孝助が怯《おび》えた顔になったのへ、音羽の貸元は笑いながらつけ加えた。

きのう、お甲が事情を話したとき、

「――ほ、同心の旦那の差配で、老中になった松平さまの鼻を明かす？　三年前《めえ》、おめえさんをここからさらっていったその旦那、いよいよ底の知れねえ、おもしれえお人のようだねえ」

音羽の貸元は愉快そうに言ったものである。

一行が紅屋を出たのは、軽く中食《ちゆうじき》を摂《と》ってからだった。伊三次らも門前の大通りを抜け、目立たぬ場末《ばすえ》のいずれかで昼を済ませているはずだ。

音羽の貸元は玄関まで出て一行を見送り、

「おめえさんら、どんな因果を背負ってるのか知らねえが、お江戸でいいお役人に出会ったもんだぜ」

言っていた。貞周は音羽の貸元にも深く頭を下げ、仁助と孝助もそれに倣《なら》った。

神明町の通りを拡大したような、参詣人でにぎわう本通りを過ぎ、護国寺の広場のような繁華な門前を東へ抜けると、あとは民家も人もまばらになって大八車がすれ違えるほどの往還に出る。川越街道のながれである。そこを右手の南東に進めば江戸府内の小石川につながり、左手の北東方向に歩を向ければ、両脇は田畑に林が点在するばかりの往還となり、一里も行かないうちに上板橋宿に入る。

伊三次らはすでにその往還に出て、左源太らの来るのを待っていた。一行の来るのを見ると手を上げて合図を送り、待つまでもなく街道に歩を進めた。音羽町に入る前に打ち合わせたとおりだ。街道に陣形はととのった。伊三次ら四人から十間（およそ十八米）ほどあとに貞周たち三人がつづき、さらにその十間ほどうしろに左源太とお甲が歩をとり、前後から貞周らをはさむかたちをつくっている。話し合ったとき、目くらましに貞周と仁助たちも離れて歩く算段をしたのだが、十二、三歳の孝助が貞周と離れるのを恐がり、結局三人はひとかたまりでということになったのだ。

街道は東海道や奥州街道、中山道などの本街道とは異なり、旅姿の者や土地の百姓姿がまばらに歩いているだけだ。それでも人がいるのは心強い。

最後尾で、

「お甲、おめえ絞り袴などつけやがって、肝心な物はちゃんと持ってんだろうなあ」

「もちろん。兄《あに》さんこそどうなのさ」

お甲は小袖の腹のあたりを撫で、言い返した。着物のときには、手裏剣は革袋に収め、たもとに入れているが、いまはすぐ打ち込めるように手拭で巻いてふところに入れている。左源太は職人姿で腹掛の胸には大きな口袋《こうたい》がついており、そこに分銅縄が数本入っている。二人とも、使う機会が来るのを望んでいるような口調だ。

先頭では、

「足軽みてえなのも羽織・袴の侍もいやせんねえ」

「ふむ。このまま上板《かみいた》の宿《しゅく》に入れればいいのだが」

言いながら歩を進め、若い衆がときおり振り返って何事もないのを確かめている。いまも一人が振り返り、孝助が小さな手を上げて応じた。

「これ。知らぬ振りをするのだ」

貞周がたしなめるように言い、

「お師匠、大丈夫だよね。もう、お江戸は出たし」

「ふむ」

仁助が言ったのへ、貞周は短く頷きを返した。胸中には、いま前後についてくれている面々もさりながら、いる。

（あの奉行所のお役人……いったい……）

不思議さとともに、感動にも似た思いが込み上げてきている。

両脇の田は田植えが終わり、苗が青々と風に波打ち、点在する林も万緑に息づいている。

この街道と中山道の板橋宿を結ぶ枝道は、上板橋宿の手前七丁（およそ七百米）ほどのところから東方向へ伸びている。そこには目印になるように林が生い茂り、街道に日陰をつくっている。

先頭の伊三次らが、その日陰に入った。湾曲して起伏もあり、前を進んでいた大八車が樹々《きぎ》の陰に見えなくなった。代わりに樹間からは、草刈鎌を手に籠《かご》を背負った、土地の者であろう野良着の二人連れの男が見えてきた。

伊三次らが草刈鎌の二人とすれ違ったのは、樹々のあいだに板橋宿への往還が枝のように延びているあたりだった。黙々とすれ違い、立ちどまって振り返った。

「うむ。ただの土地の者のようだ」

樹間に入ったばかりの貞周らとも、互いに道を開けるように左右に寄ってすれ違った。うしろから、それを左源太とお甲が見ている。

「孝助め、怯《おび》えてやがるな」

「そりゃそうよ。まだ十二、三じゃない」

左源太が言ったのへお甲は返した。草刈鎌の男二人とすれ違うとき、孝助は貞周の背後にまわり、しがみつくように着物の袖をつかんでいたのだ。無理もない。草刈鎌とはいえ、刃物をむき出しに持っているのだ。

枝道のところで立ちどまった、脇差を腰に帯びた伊三次ら四人を目にとめ、

「ん？」

立ちどまった者が、さらに二人いた。袴の股立《ももだ》ちを取った武士と、お供の足軽である。枝道の樹間からである。板橋宿から来たのだろう。あと十数歩で街道へ出る距離だった。草刈鎌の二人に気をとられていた伊三次らは、それに気づかなかった。

（もう音羽を出て川越街道か……）

龍之助は気になるが、口にはもちろん顔にも出さない。粋な小銀杏《こいちょう》に地味な着流しで黒の羽織をつけ、裏金を打った雪駄に音を立て、誰が見ても八丁堀と分かる出で立ちで寺社の門前町や境内に歩を踏んでいると、

「旦那。なにかこの町にご用でも？」

腰は低いが雰囲気に凄みを利かせた、土地の男たち数人にとり囲まれ、

「いや、別に」

などと退散しなければならないが、いまは違う。歴とした武士と二挺の町駕籠で乗りつけ、二本差しの足軽三人と中間一人を随えている。しかも武士と足軽たちは、なにやらの目的を持って周囲を睥睨《へいげい》しながら歩いている。参詣人らが怪訝な顔で道を開ける。土地の者も遠くから警戒の目を向けるだけで、おいそれと声はかけられない雰囲気だ。その雰囲気のなかに、

「おう。天の声を聞くとかいう占いの修験者、出ていねえか。出たならどこへ消えたか知らねえか」

屋台や出店の男や女に、もう何度聞き込みを入れたろうか。応えはいずれも、

「さぁー」

訊くたびに十手をチラつかせているのは、威嚇のためではない。加勢充次郎を満足させるためである。

「――同心の十手とともに江戸市中をくまなく探索したれど、所在をつかめず……」

そのようすを自分の目で確かめ、次席家老の犬垣伝左衛門に報告し、それを〝向後の方針〟を決める材料にしたいと、加勢は甲州屋で言っていた。

足軽三人と中間一人を随えた二挺の町駕籠は、小石川の伝通院へも向かった。いま

駕籠の入ったその往還こそ、音羽の護国寺の横をかすめ、川越街道となって上板橋宿へとつづいているのだ。

その上板橋宿の七丁ほど手前、中山道は板橋宿への枝道が延びているあの林のなかである。

首をかしげ足をとめた武士は、伊三次らの顔を知っていたからではない。脇差を腰に旅姿でもない四人もの男が一群になり、しかもなにかを気にとめるように立ちどまり、あとをふりかえったそのようすを奇異に感じたのだ。足軽が供についているところから、足軽組頭《くみがしら》であろうか。

そのとおりであった。松平屋敷の足軽大番頭・加勢充次郎の配下の組頭だった。足軽五人を引きつれ、板橋宿に出張っていたのだ。それらしい者は通らず、屋敷からも引き揚げよとの下知も来ないなかに、ようやく板橋宿と上板橋宿、それに護国寺との地形に気づき、

「――行って聞き込みを入れる価値はある」

組頭は判断し、板橋宿の旅籠に四人を残し、富岡八幡宮で〝高貴の出〟の修験者が白布を張っているのを実際に見たという足軽一人をともない、上板橋宿に向かったのだ。その途中のできごとだった。供の足軽は、貞周や仁助と孝助の顔も知っている。

変装をしていても見れば分かるだろう。大人一人に子供二人の組み合わせなのだ。

「あの無頼のような町人ども、二人ほど刀に手をかけておりました」

「すれ違った百姓に対してとは思えぬが。背後になにがあるのか、ようすを見よう」

組頭は足軽をうながし、隠れるほどでもないが、街道からは見えにくい程度に脇へ身を寄せた。その樹間の陰から、街道は見える。伊三次ら四人はすでに前へ進み、視界から消えている。

街道では、

「あはは、孝助。なんともなかったぞ」

「うん」

仁助に言われた孝助が、貞周の袖から手を離した。

野良着の男二人は、

「なんだね、きょうはここでいっぱい人とすれ違うのう」

「あゝ、祭りでもあるまいし」

言いながら、次に来た女の絞り袴を珍しそうに見ながらそれともすれ違った。

樹間の枝道のほうでは、

「あれだな、背後にいたのは。おっ、大人に子供二人ぞ！」

貞周たちが枝道のところにさしかかったのだ。

組頭が言ったのへ
「そ、そのようで」

足軽が緊張した声で応じ、

「組頭さま！　修験者とその従者です‼」

「なに！　あれか！　斬るぞっ、つづけ‼」

「えぇえっ」

組頭の〝斬るぞ〟の言に足軽は驚いた声を上げた。

組頭はすでに飛び出している。

「組頭さまぁっ」

足軽はつづいた。修験者の殺害を、足軽たちは聞かされていなかったのか、組頭がとっさに判断したのか……。

「あぁぁ」

脇道からの不意の声と抜刀し駈け寄ってくる武士に貞周は足をすくませ、

「お師匠っ」

孝助はふたたび貞周にしがみつき、仁助は、

「わわっ」

駈けだそうとしたか足をもつれさせ、その場に勢いよく尻餅をついてしまった。

左源太とお甲の視界のなかである。

「お甲！」

「はいっ」

左源太は走りながら胸の口袋に手を入れ、お甲はその場でふところに手を入れた。

手裏剣は走りながらでは打てない。

十数歩の距離だ。

「えいっ」

左源太は分銅縄を投げた。二尺（およそ六十糎《センチ》）か三尺（およそ一米）の縄で両端に石を結びつけたものである。小仏峠《こぼとけとうげ》の山中で左源太があみ出した、至近距離でシカやイノシシを転倒させる飛び道具だ。人間の足には百発百中である。

組頭は大刀を振り上げ、貞周としがみついた孝助にいままさに打ち下ろそうとしていた。

「あわわっ」

足に分銅縄がからみつき前のめりに倒れ込もうとする左肩に、左源太の背後から打ったお甲の手裏剣が喰い込んだ。

「うぐっ」

呻き声に大刀が地に落ちる音が重なり、その身は貞周にしがみついた孝助の背をかすめ崩れ込んだ。

「ひーっ、お師匠っ」

孝助は目をつぶり、しがみつく手に力を入れた。

分銅縄も左肩に刺さった手裏剣も致命傷にはならない。

「な、何者！」

組頭は片膝立ちに身を起こし、

「斬るのだーっ」

足軽に命じ、脇差に右手をかけ、眼前の貞周へ小さな孝助もろとも抜き打ちをかける体勢になった。第二弾を打ち込もうとした左源太とお甲の動きが、

「う⁉」

同時にとまった。

異変が起きたのだ。

組頭につづいた足軽はまだ抜刀していない。

「組頭さま！　なりませぬっ、子供が！」

なんと足軽は叫び、追いすがるように組頭へ組みついたのだ。組頭も得体の知れない攻撃を受け動顛《どうてん》していたか、

「なにをするっ、ばか者!!」

片膝立ちのまま足軽を振り払い、

「じゃまぞっ」

その胴に抜き打ちをかけた。戦《いく》さ場ではない。胴巻《どうまき》も具足《ぐそく》もつけていない。抜き打った刃《やいば》はモロに足軽の胴を斬り裂き、

「うぐっ」

足軽は身をのけぞらせるなりその場に崩れ落ちた。さらに組頭は膝立ちのまま貞周らに向きなおろうとする。

「いまだっ」

左源太はふたたび動き分銅縄を打ち込む姿勢に入った。背後から走り出てきたお甲も手裏剣をはさんだ右手を大きく振り上げた。

が、

「だっちもねー」

左源太が叫び、ふたたび二人の動きはとまった。

「おーっ」

伊三次らが気づき、駈け戻って来たのだ。左源太とお甲の目には、組頭と伊三次らが重なっている。分銅縄も手裏剣も打てたものではない。

「野郎っ」

脇差を抜いた伊三次が身を低め片膝立ちの組頭に体当たりした。二人の身は折り重なるように地面に一転、二転し、折り重なったまま動きをとめた。周囲の固唾《かたず》を呑むなかに、

「ふーっ」

伊三次が起き上がり、動かなくなった組頭の身から脇差を引き抜いた。切っ先が背中にまで出ていた。組頭の身は痙攣《けいれん》を起こし、すぐに動きをとめた。息絶えたようだ。かたわらで足軽もおびただしい血をながし、動きをとめていた。

このあとの伊三次の采配は迅速だった。樹林がさいわいしたか、さきほどの草刈鎌に野良着の二人は引き返してこなかった。気がつかなかったのか、あるいはい駈け戻り、血潮を見て関わりになるのを恐れ走り去ったか、それは分からない。

「さ、早く。貞周さんら、この場を離れ上板《かみいた》に行きなせえ」

伊三次は手で追い立てるようにうながし、

「野郎ども！　死体を樹間へっ。ここの血の跡も消すんだ。さあ、早く」

「がってん」

若い衆三人は死体をつぎつぎと樹間に引き込んで隠し、伊三次も一緒に棒切れで血の流れた地面に土をかぶせはじめた。

貞周も仁助も孝助も茫然とし、身を硬直させている。

「さあ、早く」

お甲が貞周の背を押し、

「あんたたちも」

仁助と孝助の肩を両手で抱きかかえるようにその場を離れ、左源太がつき添った。

樹間を抜け、下板橋宿の家並みを目の前にすると、

「お甲。俺が貞周さんらについて川越まで行く。おめえは……」

「はいな。なんとかする！」

仁助も孝助もまだ動きがぎこちない。

「おめえさんら、運がいいぜ。さあ、急ごう」

左源太は三人を急かした。

「あ、待ってください」

貞周は風呂敷包みを背負ったまま、いま抜け出た林に向かって合掌し、欣求浄土《ごんぐじょうど》の経を誦《ず》しはじめた。左源太はかたわらで、そのような貞周を待った。ここで経を上げねば、貞周にとって一生重荷を背負うことになるのを、左源太は解していた。

お甲は樹間に走り戻った。伊三次らがまだ血の流れたところへ土や木の葉をかぶせている。あらかた赤いものは見えなくなっていた。

「あ、お甲さん。二人とも息絶えてまさあ。音羽の貸元へ！」

「分かっています！」

お甲は音羽にとって返した。

七

陽が落ちかかっている。龍之助と加勢充次郎の聞き込みが終わったのは、日の入り近くであった。最後に足を入れたのは、神明宮だった。龍之助がそのように段取りしたのだ。茶店の紅亭で一息入れ、

「それでは鬼頭どの。きょうはかたじけのうござった」

「新たな聞き込みもできず、申しわけござらん」

「いやいや。これでわが方も、一区切りつけることができますわい」

分かれたのは、ちょうど陽が落ちたときだった。さすがに足軽たちも岩太も疲れた足取りになっていた。

「それがし、いましばらくここで」

見送り、夕刻の慌しい街道の動きのなかに、それらの背が見えなくなるなり龍之助は神明町の通りへ入り、割烹の紅亭に急いだ。すぐそこなのに気が逸《はや》る。

さきほど神明宮の境内で、太好庵の老爺《おやじ》に馴れ合いの聞き込みを入れているとき、若い者が知らせたか、弥五郎が単身でフラリと姿を見せ、さりげなく近づき、

(待っておりやす)

目配せし、龍之助も目で応じたのだ。

玄関で女将《おかみ》に案内されるまでもなく、雪駄をぬぐなり廊下に足音を立てた。

「ん？　どうしたことだ」

部屋に入り、思わず言った。左源太もお甲もいない。待っていたのは弥五郎と、それに伊三次と若い衆一人だけだったのだ。

「ま、座ってくだせえ」

弥五郎が落ち着いた口調で言う。

言われるまま座につくと、

「へい。旦那、あっしから話しやす」

伊三次が話しだした。

左源太とお甲の分銅縄と手裏剣も、伊三次の体当たりも、危機一髪というか驚愕の内容だった。

「で、お甲と左源太は？」

「へえ。左源太さんはそのまま貞周さんらについて川越まで。念のため、若い者を二人《の》あとを追わせやした。あしたにでも一緒に戻って来やしょう」

「お甲は？　死体の始末は？」

「音羽の貸元に、お甲さんが頼みやして、とどこおりなく」

「ふむ」

龍之助は頷いた。土地の貸元が差配すれば、何事もなかったように死体まで消えることを、龍之助は知っている。

「へえ。すぐに音羽の衆が七人ばかり現場に走って来やして、道普請《みちぶしん》でもするように土も入れ替えやした」

伊三次と一緒に戻ってきた若い衆が、説明するように言った。あとかたも、すっかり消し去ったのだ。

「それの代償でやすが……」

伊三次はつづけ、弥五郎は苦笑いの態になっている。

「お甲さんを十日ばかり、音羽で預かりてえと……向こうの貸元が。お甲さん承知しやして、さっそく今夜から……」

いまごろはもう三年振りに、音羽の賭場で腕の冴えを見せているかもしれない。

「音羽の貸元は、大松《うち》の親分と鬼頭さまに、嬉しそうによろしくと……」

龍之助も瞬時苦笑の表情になったが、すぐ真顔で左源太と伊三次らを見つめ、

「これが町衆の力……いい仕事をしてくれた」

呟《つぶや》き、目を閉じた。命を落とした足軽へ、合掌したのだ。

松平屋敷から足軽が〝撤収〟の下知を持って板橋宿をはじめ四宿に走ったのは翌日だった。松平屋敷では、龍之助と加勢の共同での聞き込みの結果を踏まえ、

――あの者、すでに江戸を出て行方知れず
一応の結論をつけ、一段落としたようだ。

その日の夕刻だった。岩太が八丁堀の組屋敷に龍之助を訪ね、

「大番頭が、あしたまた宇田川町の甲州屋で会いたい、と……」

伝えた。用件は聞かずとも分かっている。〝撤収〟の下知を受け、板橋宿から帰ってきたのは足軽四人で、組頭と足軽一人が不明なのだ。当然、加勢は問い質した。足軽たちは答えた。

「――上板橋宿も調べてまいるとお出かけになり、そのまま戻って来られないのでございます。もちろん找《さが》しにまいりました。上板橋宿と、それに念のため音羽町にも。足がかりはなにもなく、それで仕方なくわれわれだけご下知に従い、戻ってきた次第でございます」

戻ってきた足軽たちは、板橋宿からだから音羽町へ行くにも下板橋宿へ出るにも、あの枝道の分かれている林の往還を通ったはずだ。そこにはなんらの痕跡もなく、まして殺しがあったなどの噂も得られなかっただろう。足軽が聞き込みを入れて、聞き出せるはずがない。音羽町に聞き込みを入れ、無事戻って来られただけでも可としなければならない。あした、加勢充次郎は龍之助に、

『探索を……』

言うはずである。

岩太と入れ替わるように左源太が来た。

龍之助は待っていた。

左源太はウメがお茶の用意をするより早く、

「へえ。だっちもござんせんや」

貞周らのようすを語りはじめた。貞周も仁助、孝助も街道で、

「しきりにうしろを気にしやしてね」

無理もない。殺されかかったのだ。大松一家の若い衆二人が追いついてからは、いくらか安堵の色を見せたらしい。

「貞周さん、訊《き》いていやしたぜ。鬼頭さまは、ひょっとして自分と似た境遇のお人なのでは……と」

「なんて応えた」

「さあ、どうだかねえ。ご自分で想像してみなせえ……と。なんだか、しきりに頷いていやした。なにをどう想像したか知りやせんが」

「ふふふ、それでいい。で、それから？」

龍之助は安堵の笑みを見せ、さきを急かした。

「へえ。昨夜遅く川越宿に入り、きょう夜明け前《めえ》に発ち、中山道の高崎宿《たかさきしゆく》に向かい

やした。仁助と孝助が、ぴったりと貞周さんにつきやしてね。それも雲水の僧形《そうぎょう》になりやして。風呂敷包みのなかには、修験者の衣装も入ってやしたぜ。路銀稼ぎに、また〝天の声〟とやらをやるかもしれやせんねえ」

「いいではないか。貞周さんの言う〝天の声〟は、間違っちゃいねえ」

「もっともで」

その夜、左源太は八丁堀の組屋敷に泊まり、翌日宇田川町の甲州屋に同行した。加勢のお供も岩太だった。用件は案の定、

「音羽町と上板橋宿に行ってもらいたい」

であった。そのどちらかで、松平屋敷の者が関わったなにがしかの事件がこの一両日になかったかどうか、

「それを探索してもらいたいのじゃ」

「ほう。雲をつかむような話でござるなあ。三日ほど余裕をいただけましょうか」

龍之助は応え、加勢は承知した。

帰り、左源太は言っていた。

「岩太が言ってやしたぜ。屋敷ではこの幾日か、足軽が動いた件は一切口外しても噂してもならぬと、ご家老さまより家中《かちゅう》全体にお達しがあったとか」

どうやら松平屋敷では、貞周の件は最初からなかったこととして蓋《ふた》をしてしまったようだ。だが、二人の〝行方不明〟者が出ている。

龍之助は三日間、動かなかったわけではない。実際に一日、左源太をともない音羽町に出向いた。

お甲は喜んだ。音羽三丁目の紅屋の奥の部屋である。音羽の貸元が、

「是非に会いたい」

と、同席した。だが、緊張は隠せない。なにしろ相手は、お江戸八丁堀の同心なのだ。緊張する貸元に龍之助は開口一番、言ったものである。

「先日は世話になった。それがしからも礼を申す」

音羽の貸元は面喰ったようだ。それを龍之助は言いたかったのだ。龍之助と左源太が帰ったあと、音羽の貸元はお甲に言ったそうな。

「おもしろいねえ。お甲さんは、まったく底の知れねえ旦那についてなさる。あんたや神明町の貸元がうらやましいぜ」

龍之助のほうから茂市を松平屋敷へ遣いに出し、加勢と甲州屋で会った。甲州屋はここのところ、松平屋敷に届けられる献残物の引取りをほぼ一手に引き受け、大いに潤《うるお》っている。

龍之助は加勢に言った。

「護国寺の門前町で、ちょっとした騒ぎがあったそうでござる。無頼の町人といずれかの足軽が喧嘩になり、そこに武士が巻き込まれ、幾人か死者が出たそうでござる。いかがなさる。奉行所を通して公儀の探索を入れますか」

「いや。それには及ばぬ」

加勢は応えた。

帰り、

「宮仕《みやづか》えとは、憐れなものよなあ」

龍之助の言葉に、左源太は組頭に斬られた足軽の顔を思い浮かべ、

「そのようで」

「貞周さんが、欣求浄土の経を一心不乱に上げておいでてございましたよ」

「そうか」

だが、龍之助の足取りは重かった。

その龍之助が茂市を随え、朝から北町奉行所に出仕したのは久しぶりであった。すでに文月《ふみづき》（七月）になっている。松平家の武士や足軽と一緒に龍之助が寺社の門前に聞き込みを入れていたのを、幾人かの同心が定廻りのなかに目撃し、

「鬼頭さん、いったい……」

「隠密廻りになったとは聞いておらんが……」

　奉行所内で秘かな噂になっていた。

　同心溜りで出仕した龍之助に、

「おぬし、老中になられた松平さまと、なにか関わりでも……」

「どんな関わり？　俺もあやかりたい」

「そうでございますねえ。目に見えぬ、奇《く》しき因縁でもあったのでしょうか。私にも分からないのですよ」

　同僚が声をかけてくるのへ、龍之助は応えていた。

　与力部屋では、

「終わりましてございます」

「ふむ。巻き込まれずに済んだようだな」

　平野与力は内容は訊かず、ひとこと言っただけだった。

　その時刻、左源太は蠣殻町《かきがらちょう》の田沼家下屋敷の裏庭に片膝をついていた。龍之助に言われ、報告に行ったのだ。

　田沼意次はいつもの縁側で中腰になり、

「さようなことが……」

しばし考え込むような風情になり、

「定信らしいのう」

呟くように言い、

「龍之助にのう、己《おの》が身も、じゅうぶん用心あるよう伝えておいてくれ」

「ははーっ」

帰り、北町奉行所に寄った。

「そうか。で、ごようすはどうだった」

「ますます、おやつれになったような……」

正門脇の同心詰所で、詰所に他の者はいなかったが、龍之助も左源太も声を潜めていた。

天明七年（一七八七）文月上旬、いよいよ権力を固める新老中・松平定信の、前《さき》の老中・田沼意次への処分は目の前に迫っていた。

あとがき

いつの世にも、権力のあるところに人は群がり、状況が変化すれば去る。それを非難することはできない。程度の差こそあれ、それは人の世の常ではないか。だが、あまりにも世渡り上手で度を越せば、世間から揶揄《やゆ》されるところとなるのもまた、この世の常である。

本編に水野忠友《ただとも》なる人物が出てくる。水野家はもともと信州松本藩七万石の大名家だったが、先々代の藩主・忠恒《ただつね》が八代吉宗《よしむね》将軍のとき、殿中松の廊下で刃傷《にんじよう》事件を起こし、日ごろの不行跡《ふぎようせき》もあって改易となり、大名家から転落したものの弟の忠穀《ただよし》が七千石の旗本として家系を保ち、忠友はその長子である。

忠友は旗本としては高禄の七千石を継いだわけだが、元をただせば七万石の大名家だったという、鬱積《うつせき》した思いがある。そこで取り入ったのが時の老中で重商主義政策を推し進める田沼意次《おきつぐ》だった。意次は忠友を重用《ちようよう》し、将軍家御側衆に据え、さらに若年寄に任命し、重商政策の推進役として駿河沼津藩三万石の大名にまで引き上げた。忠友は大名家に返り咲いた。さらに忠友は、田沼意次との縁を強めるため、意次の四男・意正《おきまさ》を養嗣子《ようしし》に迎え忠徳《ただのり》と名乗らせ、老中にまで登りつめた。そこに降って湧いたのが、十代家治《いえはる》将軍の死去と田沼意次の失脚である。

まず考えたのが、政策の継続よりも身の保全である。忠友は田沼家から迎えた忠徳こと意正を廃嫡して田沼家との縁を断ち、分家から新たな養嗣子を迎えたが時すでに遅く、松平定信から憎むべき標的とされた。

この四男の意正以外にも、各大名家と縁組していた意次の若君や姫たちは廃嫡あるいは離縁されるという憂き目に遭っている。それらはいずれも本編の主人公・鬼頭龍之助の腹違いの弟や妹たちである。もとより龍之助は、意次が柳営で権勢を振るっていたころ、その恩恵はまったく受けていない。それどころか、逆に〝隠し子〟として市井《しせい》にその血筋さえ隠さねばならなかった。それを意次は「すまぬことをした」と、龍之助に言うのであるが、失脚してからはなお一層、その血縁を秘匿しなければならない世情となった。その過程に本編の物語は進行している。

第一話の「直訴前夜」から前述の沼津藩水野家が登場する。田沼意次が失脚し松平定信の老中就任がささやかれ、水野忠友が戦々恐々としているときである。世を揺さぶった〝天明の大飢饉〟は収束に向かっているものの、ここに大名家として失態があれば、松平定信からいかなる指弾を受けるか知れたものではない。そこへ沼津の百姓代が直訴のため江戸へ出てくる。水野屋敷と松平屋敷はその身の争奪戦を展開する。この百姓代の身がどちらに落ちるか、水野家にとっては重大問題だった。

第二話の「江戸抜け」は、沼津の百姓代の直訴を、いかに阻止し百姓代の身の安全を図るかに龍之助は奔走する。百姓代の命を保つには、その身を江戸から逃がす以外にない。大松一家の合力《ごうりき》により、策は進行する。それは〝天明の大飢饉〟による打ち壊しを利用したものであった。歴史書によれば、天明七年五月十二日から十五日まで、大坂で民衆が蜂起し、打ち壊しに遭った米問屋や豪商は数百軒にのぼり、騒擾《そうじょう》は京都、奈良、伏見、堺など畿内全域に広がり、さらに甲府、駿河にも波及し、江戸がその渦中に巻き込まれたのは二十日ごろで、数日にわたって市中は騒擾の巷《ちまた》と化した。そこに龍之助は捕方を率い街道を走ることになる。

第三話の「占い信兵衛」では、松平定信がいよいよ老中に就任する。一方、江戸市中に〝高貴の出〟なる占い修験者の噂がながれ、これを田沼意次の〝隠し子〟ではないかと推測した松平屋敷では、本物の〝隠し子〟である龍之助に、その探索を依頼する。ところが江戸城で老中就任の沙汰《さた》が下りた日、松平家江戸藩邸に領国の白河より早馬が入った。その知らせは、〝高貴の出〟なる占い修験者の身分を明らかにするものであった。

第四話の「逃がし屋同心」は、「ともかくだ、かくまってやれ」との龍之助の言葉から始まる。〝高貴の出〟の占い修験者・貞周坊《ていしゅうぼう》が、その血筋ゆえに松平定信から命を狙われていたのだ。龍之助は大松一家の合力を得てこれをかくまい、沼津の百姓代と同様、江戸から逃がすことになり、舞台は川越街道へと移る。だがその日、龍之助には貞周坊に同道できない事情が発生し、岡っ引の左源太、お甲、それに大松一家の伊三次が活躍するところとなる。

水野家の直訴騒ぎでも〝高貴〟の貞周坊騒動の時も、龍之助は左源太、お甲、それに大松一家の合力で松平定信の鼻を明かすことになるが、その定信は老中に就任し、松平屋敷では田沼意次の〝隠し子〟探索を強化するとともに、いよいよ定信主導による〝寛政の改革〟が始動し、世の中の景気は停滞する。そのなかを北町奉行所同心・鬼頭龍之助はどう生き抜くか……この男、並みの人物ではなかった。

平成二十三年　春

喜安　幸夫

時代小説

二見時代小説文庫

老中《ろうじゅう》の迷走《めいそう》　はぐれ同心《どうしん》　闇裁《やみさば》き4

著者　喜安幸夫《きやすゆきお》

発行所　株式会社　二見書房
東京都千代田区三崎町二-一八-一一
電話　〇三-三五一五-二三一一［営業］
〇三-三五一五-二三一三［編集］
振替　〇〇一七〇-四-二六三九

印刷　株式会社　堀内印刷所

製本　ナショナル製本協同組合

落丁・乱丁本はお取り替えいたします。
定価は、カバーに表示してあります。

 ISBN978－4－576－11068－4
http://www.futami.co.jp/

はぐれ同心 闇裁き 龍之助 江戸草紙
喜安幸夫［著］
時の老中のおとし胤が北町奉行所の同心になった。女壺振りと島帰りを手下に型破りな手法と豪剣で、悪を裁く！ワルも一目置く人情同心が巨悪に挑む新シリーズ

隠れ刃 はぐれ同心 闇裁き2
喜安幸夫［著］
町人には許されぬ仇討ちに人情同心の龍之助が助っ人。敵の武士は松平定信の家臣、尋常の勝負はできない。〝闇の仇討ち〟の秘策とは？大好評シリーズ第2弾

因果の棺桶 はぐれ同心 闇裁き3
喜安幸夫［著］
死期の近い老母が打った一世一代の大芝居が思わぬ魔手を引き寄せた。天下の松平を向こうにまわし龍之助の剣と知略が冴える！大好評シリーズ第3弾

日本橋物語 蜻蛉屋お瑛
森 真沙子［著］
この世には愛情だけではどうにもならぬ事がある。土一升金一升の日本橋で店を張る美人女将が遭遇する六つの謎と事件の行方……心にしみる本格時代小説

迷い蛍 日本橋物語2
森 真沙子［著］
御政道批判の罪で捕縛された幼馴染みを救うべく蜻蛉屋の美人女将お瑛の奔走が始まった。美しい江戸の四季を背景に人の情と絆を細やかな筆致で描く第2弾

まどい花 日本橋物語3
森 真沙子［著］
〝わかっていても別れられない〟女と男のどうしようもない関係が事件を起こす。美人女将お瑛を捲き込む新たな難題と謎…。豊かな叙情と推理で描く第3弾

秘め事　日本橋物語4

森　真沙子［著］

人の最期を看取る。それを生業とする老女瀧川の告白を聞き、蜻蛉屋女将お瑛の悪夢の日々が始まった…。なぜ瀧川は掟を破り、触れてはならぬ秘密を話したのか？

旅立ちの鐘　日本橋物語5

森　真沙子［著］

喜びの鐘、哀しみの鐘、そして祈りの鐘。重荷を背負って生きる蜻蛉屋お瑛に春遠き事件の数々…。円熟の筆致で描く出会いと別れの秀作！叙情サスペンス第5弾

子別れ　日本橋物語6

森　真沙子［著］

風薫る初夏、南東風と呼ばれる嵐が江戸を襲う中、二人の女が助けを求めて来た……。勝気な美人女将お瑛が、優しいが故に見舞われる哀切の事件。第6弾！

やらずの雨　日本橋物語7

森　真沙子［著］

出戻りだが病いの義母を抱え商いに奮闘する通称とんぼ屋の女将お瑛。ある日、絹という女が現れ、紙問屋若松屋主人誠蔵の子供の事で相談があると言う。

お日柄もよく　日本橋物語8

森　真沙子［著］

日本橋で店を張る美人女将お瑛に、祝言の朝に消えた花嫁の身代わりになってほしいという依頼が……。多様な推理小説を追究し続ける作家が描く下町の人情

神の子　花川戸町自身番日記1

辻堂　魁［著］

浅草花川戸町の船着場界隈、けなげに生きる江戸庶民の織りなす悲しみと喜び。恋あり笑いあり人情の哀愁あり、壮絶な殺陣ありの物語。大人気作家が贈る新シリーズ第1弾！

山峡の城　無茶の勘兵衛日月録
浅黄斑［著］

藩財政を巡る暗闘に翻弄されながらも毅然と生きる父と息子の姿を描く著者渾身の感動的な力作！本格ミステリ作家が長編時代小説を書き下ろし

火蛾《かが》の舞　無茶の勘兵衛日月録2
浅黄斑［著］

越前大野藩で文武両道に頭角を現わし、主君御供番として江戸へ旅立つ勘兵衛だが、江戸での秘命は暗殺だった……。人気シリーズの書き下ろし第2弾！

残月の剣　無茶の勘兵衛日月録3
浅黄斑［著］

浅草の辻で行き倒れの老剣客を助けた「無茶勘」こと落合勘兵衛は、凄絶な藩主後継争いの死闘に巻き込まれていく……。好評の渾身書き下ろし第3弾！

冥暗《めいあん》の辻　無茶の勘兵衛日月録4
浅黄斑［著］

深傷を負い床に臥した勘兵衛。彼の親友の伊波利三は、ある諫言から謹慎処分を受ける身に。暗雲が二人を包み、それはやがて藩全体に広がろうとしていた。

刺客の爪　無茶の勘兵衛日月録5
浅黄斑［著］

邪悪の潮流は越前大野から江戸、大和郡山藩に及び、苦悩する落合勘兵衛を打ちのめすかのように更に悲報が舞い込んだ。大河ビルドンクス・ロマン第5弾

陰謀の径《みち》　無茶の勘兵衛日月録6
浅黄斑［著］

次期大野藩主への贈り物の秘薬に疑惑を持った江戸留守居役松田と勘兵衛はその背景を探る内、迷路の如く張り巡らされた謀略の渦に呑み込まれてゆく……

報復の峠 無茶の勘兵衛日月録7
浅黄斑［著］

越前大野藩に迫る大老酒井忠清を核とする高田藩と福井藩の陰謀、そして勘兵衛を狙う父と子の復讐の刃！正統派教養小説の旗手が贈る激動と感動の第7弾！

惜別の蝶 無茶の勘兵衛日月録8
浅黄斑［著］

越前大野藩を併呑せんと企む大老酒井忠清。事態を憂慮した老中稲葉正則と大目付大岡忠勝が動きだす。藩御耳役・勘兵衛の新たなる闘いが始まった……！

風雲の谺《こだま》 無茶の勘兵衛日月録9
浅黄斑［著］

深化する越前大野藩への謀略。瞬時の油断も許されぬ状況下で、藩御耳役・落合勘兵衛が失踪した！正統派教養小説の旗手が着実な地歩を築く第9弾！

流転の影 無茶の勘兵衛日月録10
浅黄斑［著］

大老酒井忠清への越前大野藩と大和郡山藩の協力密約が成立。勘兵衛は長刀「埋忠明寿」習熟の野稽古の途次、捨子を助けるが、これが事件の発端となって…

月下の蛇 無茶の勘兵衛日月録11
浅黄斑［著］

越前大野藩次期藩主廃嫡の謀略が進むなか、勘兵衛は大目付大岡忠勝の呼び出しを受けた。藩随一の剣の使い手勘兵衛に、大岡はいかなる秘密を語るのか…！

秋蜩《ひぐらし》の宴 無茶の勘兵衛日月録12
浅黄斑［著］

越前大野藩の御耳役・落合勘兵衛は祝言のため三年ぶりの帰国の途に。だが、待ち受けていたのは五人の暗殺者……！苦闘する武士の姿を静謐の筆致で描く！

居眠り同心 影御用 源之助人助け帖

早見俊［著］

凄腕の筆頭同心がひょんなことで閑職に……。暇で暇で死にそうな日々に、さる大名家の江戸留守居から極秘の影御用が舞い込んだ。新シリーズ第1弾！

朝顔の姫 居眠り同心 影御用2

早見俊［著］

元筆頭同心に御台所様御用人の旗本から息女美玖姫探索の依頼。時を同じくして八丁堀同心の不審死が告げられた。左遷された凄腕同心の意地と人情。第2弾！

与力の娘 居眠り同心 影御用3

早見俊［著］

吟味方与力の一人娘が役者絵から抜け出たような徒組頭次男坊に懸想した。与力の跡を継ぐ婿候補の身上を探れ！「居眠り番」蔵間源之助に極秘の影御用が…！

犬侍の嫁 居眠り同心 影御用4

早見俊［著］

弘前藩御馬廻り三百石まで出世した、かつての竜虎と謳われた剣友が妻を離縁して江戸へ出奔。同じ頃、弘前藩御納戸頭の斬殺体が江戸で発見された！

剣客相談人 長屋の殿様 文史郎

森詠［著］

若月丹波守清胤、三十二歳。故あって文史郎と名を変え、八丁堀の長屋で貧乏生活。生来の気品と剣の腕で、よろず揉め事相談人に！心暖まる新シリーズ！

狐憑きの女 長屋の殿様 剣客相談人2

森詠［著］

一万八千石の殿が爺と出奔して長屋暮らし。人助けの万相談で日々の糧を得ていたが、最近は仕事がない。米びつが空になるころ、奇妙な相談が舞い込んだ…

人生の一椀 小料理のどか屋 人情帖1

倉阪鬼一郎［著］

もう武士に未練はない。一介の料理人として生きる。一椀、一膳が人のさだめを変えることもある。剣を包丁に持ち替えた市井の料理人の心意気、新シリーズ！

倖せの一膳 小料理のどか屋 人情帖2

倉阪鬼一郎［著］

元は武家だが、わけあって刀を捨て、包丁に持ち替えた時吉の「のどか屋」に持ちこまれた難題とは…。心をほっこり暖める時吉とおちよの小料理。感動の第2弾

夜逃げ若殿 捕物噺 夢千両すご腕始末

聖龍人［著］

御三卿ゆかりの姫との祝言を前に、江戸下屋敷から逃げ出した稲月千太郎。黒縮緬の羽織に朱鞘の大小、骨董目利きの才と剣の腕で江戸の難事件解決に挑む！

夢の手ほどき 夜逃げ若殿 捕物噺2

聖龍人［著］

稲月三万五千石の千太郎君、故あって江戸下屋敷を出奔。骨董商・片倉屋に居候して山之宿の弥市親分とともに謎解きの才と秘剣で大活躍！大好評シリーズ第2弾

公家武者 松平信平《のぶひら》 狐のちょうちん

佐々木裕一［著］

後に一万石の大名になった実在の人物・鷹司松平信平。紀州藩主の姫と婚礼したが貧乏旗本ゆえ共に暮せない。町に出ては秘剣で悪党退治。異色旗本の痛快な青春

奇策 神隠し 変化侍柳之介1

大谷羊太郎［著］

陰陽師の奇き血を受け継ぐ旗本六千石の長子柳之介は、巨悪を葬るべく上州路へ！江戸川乱歩賞受賞のトリックの奇才が放つ大どんでん返しの奇策とは？